龍の憂事、Dr.の奮戦

樹生かなめ

white heart

講談社X文庫

目次

橘高正宗【きったか まさむね】
清和の養父。
眞鍋組顧問。
祐【たすく】
眞鍋組の参謀。
安部の息子のような存在。
安部信一郎【あべ しんいちろう】
正宗の右腕であり舎弟頭。
眞鍋組組員の信望が厚い。
橘高典子【きったか のりこ】
清和の養母。
リキ
清和の右腕。
眞鍋の虎と呼ばれる。
橘高清和【きったか せいわ】
眞鍋組二代目組長。
氷川の恋人。
氷川
氷川諒一【ひかわ りょういち】
清和の恋人。
明和病院に勤める
美貌の内科医。
人物紹介

京介
【きょうすけ】
ホストクラブ・ジュリアスの人気ホスト。ショウの幼馴染み。
サメ
眞鍋組の諜報部隊トップ。
ショウ
清和の舎弟。眞鍋組の特攻隊長。
吾郎
【ごろう】
清和の舎弟。
卓
【すぐる】
清和の舎弟。箱根の旧家出身。
宇治
【うじ】
清和の舎弟。
信司
【しんじ】
清和の舎弟。摩訶不思議の信司と呼ばれる。

イラストレーション／奈良千春《ならちはる》

龍《りゅう》の憂事《ゆうじ》、Ｄｒ.《ドクター》の奮戦《ふんせん》

1

折に触れ思い出すあの日、氷川諒一《ひかわりょういち》は塾に向かう途中だった。近所にある広々とした公園の前に差しかかった時、道のど真ん中に青い物体を見つけた。いや、注意して見れば、青い物体は青いベビー服に身を包まれた幼児だった。

『ちゃっちゃちゃっちゃっ……』

意味不明な言葉を口にしながら、幼児は道のど真ん中に座っている。座っているというより、転がっているというか、立ち上がろうとしているのか、何をしようとしているのかはわからない。どちらにせよ、公園の前とはいえ車道だから非常に危険だ。周囲に保護者らしき人は一人も見当たらない。

『えっと……』

幼児の顔立ちは可愛《かわい》いけれども、青い服を着ているから男の子だろう。ぷっくりと膨らんだ頬《ほお》は林檎《りんご》のように紅《あか》い。

『ちゃっちゃちゃっちゃっ……』

氷川は幼児に近寄り、優しく声をかけた。

『こんなところにいたら危ないよ』

氷川の言葉に対し、幼児は元気のいい返事をした。

『ちゃーっ』

『ママはどこにいるの?』

氷川が手を伸ばすと、幼児はにこにこして抱きついてくる。

『ちゃっちゃっちゃっちゃっちゃっ』

氷川が抱き上げると、幼児はとても嬉《うれ》しそうに笑った。小さな手や足も楽しそうに大きく振る。

『名前は?』

『ちゃーっ』

氷川が話しかけると返答らしき言葉はあるが、まったくもって意味不明だ。

『いくつ?』

『ちゃーっ』

ミルクの匂《にお》いがした幼児は、いつの間にか指定暴力団・眞鍋《まなべ》組の金看板を背負う極道になっていた。彼の名前は橘高清和《きったかせいわ》、すでにベビー服を着ていた頃の面影はない。屈強な極道を従えてもなんらおかしくない堂々たる美丈夫だ。

もう、昔のように、氷川は清和を抱き上げることができない。清和も氷川の膝《ひざ》で涎《よだれ》を垂らしながら眠ったりもしない。

それどころか、凜々《りり》しく成長した清和が、華奢《きゃしゃ》な氷川を抱いてベッドに上がるようになった。

睡眠をとらないと闘う前に倒れてしまう、と二階にある寝室のベッドに横たわり、氷川諒一は目を閉じていた。

眞鍋組が支配する不夜城は深夜でもネオンは消えないし、人の波も途切れない。けれど、箱根《はこね》の仙石原《せんごくばら》の夜は暗く、ひっそりと静まり返っている。

なんというのだろう、異次元の世界に迷い込んでしまったような気がする。もっとも、愛《いと》しい男が一緒ならばどこでも構わない。それこそ、業火に苦しむ地獄でもいい。

「清和くん、眠れないの？」

神経が高ぶって夢の国に旅立てないのは氷川だけではなく、不夜城に君臨していた眞鍋組の二代目組長である清和にしてもそうだ。ついほんの数日前から、彼は眞鍋組の二代目組長ではないのだが。

「……ああ」

清和は天井を見上げたまま、苦悩に満ちた声でポツリと漏らした。どうしてこんなことになったのか、なぜ気づかなかったのか、どこが悪かったのか、俺が甘かったのか、どうすればいいのか、と清和の後悔と葛藤《かっとう》がいやでも氷川に伝わってくる。

「子守唄《こもりうた》でも歌おうか？」

隣でピリピリしている美丈夫が、眠いのに寝つけずにぐずる小さな清和に重なった。どんなに時が流れても、幼い清和の記憶はセピア色に霞《かす》まない。

初めて会った時、氷川は医者を目指して塾に通っていた十二歳の少年で、おむつでもこもこしていた清和は二歳だった。氷川にとって、無邪気に懐《なつ》いてくれる小さな清和は心のよりどころだったのだ。氷川が念願の医者になり、清和がなるつもりのなかったヤクザになるなど、人生の皮肉を感じずにはいられない。お互いの立場も性別も年齢差も乗り越え、深く愛し合っているのは宿命かもしれない。

「……いや」

いつものことだと清和に驚いている気配はないし、子供扱いするなと機嫌を損ねた様子もない。

「お話でも聞かせようか？」

むか～し、むかしあるところにおじいさんとおばあさんが、と氷川が養護施設で覚えた物語を優しく語り始めると、清和は苦笑を漏らしながら言った。

「もう、寝てくれ」

清和に言われるまでもなく氷川も寝るつもりだったが、どうにもこうにも神経が高揚して眠れない。医者という仕事上、いつでもどこでも眠れる自信があったというのに。

「僕も眠れないんだよ」

普段ならばベッドに入って十分以内には深い眠りについていた。今夜は清和と一緒にベッドに上がってから二十分は経過している。

「すまない」

「清和くんが謝る必要はない」

氷川は優しい微笑を浮かべて、清和の引き締まった唇にキスを落とした。不夜城で交わされるキスとなんら変わらない。

「……俺が甘かった」

清和が高校を中退し、トップとして背中に極彩色の昇《のぼ》り龍《りゅう》を刻んだ時、眞鍋組は規模の小さな暴力団だったが、株式市場での利益によって、逼迫《ひっぱく》していた経済状態を潤わせ、破竹の勢いで勢力を拡大した。清和は眞鍋の昇り龍として、極道界のみならず政財界にも、切れ者として名を馳《は》せるまでに至ったのだ。それゆえ、まさか内部から二代目組長の座を追われることになるとは、予想だにしていなかったのだろう。

「祐《たすく》くんとかリキくんが言っていたように、京子《きょうこ》さんのほうが上手《うわて》だったんだと思う。そんなに自分を責めないで」

氷川と再会するまで清和の恋人は京子であり、花嫁候補とも目されていた。京子自身の美貌《びぼう》や資質のみならず、眞鍋組初代姐《あね》の従妹《いとこ》の娘という立場もあり、誰も異論は唱えなかった。だが、清和は同性であり十歳も年上の氷川を選び、申し分のない京子を捨てた。

自分に自信があっただけに、京子が執念にも似た憎悪を清和に持ったとしてもおかしくはない。結果、初代姐の佐和《さわ》や清和に恨みを持っていた加藤正士《かとうまさし》を利用して、清和と氷川に対する復讐劇《ふくしゅうげき》を企て、とうとう実行に移した。

「…………」

京子を始末しておくべきだった、佐和姐さんに対する義理で手が出せなかった、と清和の身体《からだ》から迸《ほとばし》るような熾烈《しれつ》な後悔が伝わってくる。華やかな元恋人に対する未練は微塵《みじん》もない。

「清和くん、後悔してもなんの役にも立たないし……それに恐ろしいことは考えないで……うん、京子さんは女性だし……」

氷川は必死に宥《なだ》めたつもりだが、清和の怒気が一段と増した。

「…………」

下手《へた》な慰めは清和の自尊心を傷つけるだけかもしれない。

「……京子さんがこんなことをするなんて……」

氷川が溜《た》め息《いき》混じりに漏らした言葉は、清和だけでなくリキや祐、サメといった腹心たちの気持ちでもある。

諜報部隊《ちょうほうぶたい》を率いるサメは、開き直ったように自分の見込み違いを明かした。

『京子は賢い女性だからこんな馬鹿《ばか》なことはしないと思っていた……う～ん、ここまで馬鹿なことはしないと思っていたんだ。佐和姐さんが実の娘のように可愛がっていたし、京子も佐和姐さんを二人目の母として慕っていたし……仲がよかったんだぜ……』

清和を恨む人物として京子をマークしていたが、肝心なところを見逃していたらしい。京子が会員制の高級バーに出入りしているのは知っていたが、世界規模で手広い事業を展開している名取《なとり》グループの会長の跡取り息子と知り合うため、だとはわからなかったようだ。加藤から口説かれていても、京子はまったく相手にしていなかったし、靡《なび》く気配はなかったから、ふたりが手を組むとは想像できなかったらしい。凄腕《すごうで》の名をほしいままにしていたシャチの抜けた穴が大きいと、サメはこれまでにも幾度となく漏らしていたが、諜報部隊の能力は確実に落ちていた。

京子に対する怒りが大きすぎるのか、清和からはなんの言葉も返ってこない。リキを庇《かば》って死んだ松本力也《まつもとりきや》の妻子、杏奈《あんな》と裕也《ゆうや》というなんの罪もない人質を取るなど、どんな理由があっても言語道断の所業だと、氷川も思っていた。

「それだけ、京子さんは清和くんを好きだったんだね」

京子に清和に対する想《おも》いがなければ、新しい人生を歩んでいたかもしれない。彼女ならばいくつもの道が開けていたはずだ。

「…………」

清和には氷川が京子を庇っているように聞こえたらしい。真冬の夜を連想させる双眸《そうぼう》がきつく細められた。

「僕は清和くんを誰にも譲る気はないんだけどね。清和くんが本当に好きだから京子さんの気持ちがわかるんだ……そりゃ、こんなことはしてはいけないし、決して許されることじゃない……僕も許せないけどね……」

杏奈と裕也だけでなく清和の義父母である橋高夫妻も囚《とら》われたままだ。眞鍋の昇り龍に忠誠を誓っていた酒井利光《さかいとしみつ》は、人質で脅迫されたらしく、京子や加藤に屈して、清和や氷川の命を狙《ねら》った。清和抹殺に失敗すると、酒井は京子や加藤に無残にも始末された。眞鍋組の幹部候補のひとりとして期待されていた吾郎《ごろう》も、清和抹殺を遂げられず、京子や加藤に処分され、生死の境を彷徨《さまよ》っている。酒井も吾郎も最初から自分の命を捨てるつもりで清和を狙ったはずだ。彼らがどれだけ苦しかったか、氷川でさえ手に取るようにわかる。

極道の世界において女の責任を追及することは滅多にないが、京子が泣いて詫《わ》びても、そう簡単には許せないだろう。

「…………」

「一刻も早く終わらせよう」

氷川が切実な思いを込め、清和の顎先《あごさき》に唇でそっと触れた。指でも確かめるように撫《な》で、そのシャープなラインを辿《たど》る。

「ああ」

氷川に言われるまでもなく、さっさとケリをつけたいと一番強く願っているのは清和だ。

「すべて元通りにして、橘高さんや典子《のりこ》さんと一緒に酒井さんの墓参りに行こう。酒井さんは僕たちを守ろうとして……一生懸命僕たちを守ろうとしてくれたんだから……」

命を落とした酒井の名を口にした瞬間、堪《こら》え切《き》れなかった涙が氷川の目からポロリと零《こぼ》れた。

「すまない」

眞鍋の昇り龍と呼ばれた極道は氷川の涙にはてんで弱く、これ以上ないというくらい辛《つら》そうに詫びた。

「……ううん、清和くん、清和くんは無事だから……無事でいてくれるからね……僕のそばからいなくなっちゃ駄目だ……諒兄ちゃんは清和くんがいないと生きていけない」

初めて会った時、清和はおむつをしていたし、言葉もまんぞくに喋《しゃべ》れなかった。いつからか、小さな清和は『諒兄ちゃん』と氷川を呼び、きちんと認識するようになった。今現在、清和は決して昔のように氷川を呼んだりしない。

「わかっている」

「諒兄ちゃんより先に逝ってはいけません」

一流から三流まで、はたまた素人《しろうと》さえ清和を狙うヒットマンとして加藤に雇われている

かもしれない。加藤にしてみれば清和の命を奪えば、それですべて終わりにできるからだ。

「ああ」

清和の唇が氷川の唇に触れた時、軽快なノックの音が鳴り響いた。

「合体しているならばすぐに解除してください。お客さんがやってきました」

祐独特の言い回しから、加藤派の舎弟たちが現れたことを知る。不測の事態に備え、清和が他人の名義で購入していた別荘も突き止められたのか、と氷川は身体を竦《すく》ませたが、清和は体勢も変えず悠然とした態度で答えた。

「入れ」

清和の声を聞くや否《いな》や祐はドアを開けてうやうやしく入り、ベッドで固まっている氷川の前で一礼した。

「せっかくのチャンスだったのに合体していなかったんですか？　一日中、ピリピリされたら困るんですけどね」

腰抜けお坊ちゃま、と祐は真上から寝ている清和を見下ろしたが、冗談でもなければ芝居でもないようだ。トップである清和が四六時中神経を尖《とが》らせていれば、いずれどこかで支障が出てしまう。清和を慰められるのは楚々《そそ》とした氷川しかいない。

「……祐」

清和は上体を起こしたが、氷川はなかなか動けない。

「今からでも遅くないから合体しますか？　ＢＧＭでも流して盛り上げましょうか？」

祐はシニカルに微笑《ほほえ》むと、ベッドにいる氷川と清和を交互に眺めた。当然、氷川は頰を薔薇色《ばらいろ》に染め、祐の視線から逃れるように顔を背ける。

「何があった？」

清和が単刀直入に切り込むと、祐はあっさりと本題に入った。

「俺は戦力になりません。だから、姐さんの横で騒動が終わるまで待ちます」

実戦でなんの役にも立たないことを自覚している祐が高らかに言うと、清和は真剣な顔で頷《うなず》きながらベッドから下りた。

「囲まれているのか？」

清和は冷静に現状を把握しようとした。

別荘の周りを加藤派の舎弟たちで囲まれたならば突破は難しいし、かといって籠城《ろうじょう》するわけにもいかない。

「クライスラーとフォードの二台が見張っています。囲まれてはいませんが、パイナップル、つまり手榴弾を放り込まれたら終わりです」

清和はなんとしてでも人質を救出するつもりだが、向こうはこちらを皆殺しにすればそれですむ。手っ取り早く仕留めるために爆発物は有効な手段のひとつだ。周囲は豊かな自然に覆われ、民家は一軒も見当たらず、少々の爆発音が鳴り響いても問題にはならないだろう。

「シェルターを造っておけばよかった」

清和は氷川の細面《ほそおもて》を眺め、口惜《くちお》しそうに漏らした。シェルターに氷川を避難させたいのだろう。

「今さら言っても虚《むな》しいことを……」

祐は清和の後悔を突き放すように手をひらひらさせて言った。シェルターに氷川を放り込みたいのは祐にしても同じだ。

「ここにいろ」

一階で加藤派の舎弟と戦うつもりか、清和は部屋から出ようとしたが、祐は満面の笑みを浮かべて止めた。

「清和坊ちゃま、清和坊ちゃまの役目はここで姐さんをお守りすることです。リキさんや宇治《うじ》、サメが対処します」

確かに、戦闘能力のない氷川と祐のふたりだけを部屋に残しておくのは心もとない。腕の立つ誰かがそばにいたほうがいいだろう。祐がくどくど説明しなくても、清和だけでなく氷川も瞬時に理解した。

「ヒットマンは誰だ?」

今回の闘いでは、清和の大事な舎弟たちが京子や加藤の手先となり、ヒットマンとして送り込まれている。誰がヒットマンとして送り込まれたのか、清和は修羅《しゅら》を突き進む男の顔で祐に言葉を向けた。

「まだわかりません……が、加藤馬鹿ちんの舎弟でしょう。今、眞鍋組のシマは無法地帯ですから」

祐の皮肉たっぷりな言い草に、清和は凜々しい眉《まゆ》を顰《ひそ》めた。

「もう、どこかにシマを取られたのか？」

人の欲望と大金が動く日本国内最大の歓楽街は、暴力団だけでなくありとあらゆる組織が虎視眈々《こしたんたん》と狙っていた。清和と加藤が争えば、眞鍋組が真っ二つに割れて、ほかの組織に食い散らかされるのは目に見えている。だからこそ、共倒れにならないため、まず、清和は引いた。ほかの組織に付け入る隙《すき》を与えてはならないと考えたのだ。

「ショウがバイクで命をかけて手に入れたシマは、浜松《はままつ》組とチャイニーズ・マフィアがのさばっています」

かつて清和はシマをめぐってほかの暴力団組織と争ったものの決着がつかず、共存を掲げる関東の大親分による仲裁が入って、双方の代表者が山道を走る闇《やみ》のバイクレースが開催されることになった。浜松組は元プロを引っ張りだしたが、眞鍋組の韋駄天《いだてん》ことショウが闇のバイクレースで勝利を収めた。ショウの奮闘により眞鍋組が手に入れたシマは、早くもほかの組織に占拠されたようだ。

「無能」

清和が吐き捨てるように言うと、祐は大げさに肩を竦めた。

「我らが清和坊ちゃま、驚くのは早いです。みかじめ料があがるシマは六郷会《ろくごうかい》と韓国《かんこく》マフィアに奪われたようです。眞鍋第一ビルの周りにはシチリア系のマフィア、眞鍋第二ビルの周りにはアラブ系の窃盗チーム、眞鍋第三ビルの周りにはロシアン・マフィア、我らが姐さんが疾走した通りはタイ・マフィアのルアンガイが出張っているとか」

二代目組長である清和が廃嫡《はいちゃく》されたのは一昨日《おととい》、三代目組長である加藤は大切なシマを早くも失っている。

以前、氷川は清和の訃報《ふほう》を受けて組長代行に立ったことがあるが、橘高や舎弟頭の安部《あべ》信一郎《しんいちろう》といった重鎮の力を借り、構成員たちとともに眞鍋組のシマを懸命に守った。眞鍋組のシマで暴れるほかの暴力団の鉄砲玉を叩《たた》きのめしても、次から次へと性懲りもなく乗り込んでくる敵に困惑したものだ。しかし、常にきっちりとカタをつけ、ほかの組織の輩《やから》を徹底的に排除した。

いったい加藤さんは何をしているのか、と氷川は呆気《あっけ》に取られたが、清和も同じ気持ちを抱いたようだ。

「加藤は何をしている？」

清和が抑揚のない声で尋ねた時、一階から凄《すさ》まじい音がして部屋が揺れた。爆発音ではなく、何かが一階に衝突したような音だ。

氷川はシーツを握った状態で硬直したが、清和と祐は平然として動じたりはしない。

「俺が三代目組長だ、ってふんぞり返っているだけでしょう。もしかしたら、眞鍋のシマがどうなっているのか把握していないのかもしれませんね。清和坊ちゃま憎し、で清和坊ちゃまのことしか頭にないのかもしれません」

祐が加藤派の内情を口にしている間も、一階からは派手な音が聞こえてくる。おそらく、加藤派の舎弟たちが一階から殴り込み、リキや宇治、サメが応戦しているのだろう。

氷川は生きた心地がしないが、悲鳴を上げたり、狼狽《ろうばい》したりはしない。さしあたって、愛しい男に凶器は向けられていないから。

「無能にもほどがある」

よくそれで眞鍋組の組長に名乗りを上げたな、と清和は鋭い双眸で加藤を非難しているようだ。

ガシャーン、という窓ガラスが割れた音がするや、男の怒鳴り声が耳に届く。どんな言葉を口にしているのかは不明だが、叫んでいることは間違いない。

戦場と化している一階とは裏腹に二階は落ち着いたものだ。

「こんなところに送り込む兵隊がいるのなら、眞鍋のシマに置いていたほうがいいのに」

祐が指摘したように、清和抹殺に回す構成員がいるのならば、ほかの組織から狙われている眞鍋組のシマに立たせたほうが現実的だ。眞鍋組のシマを奪われないため、ほかの暴力団関係者を排除するのは基本中の基本である。氷川が組長代行として眞鍋組のトップにいた時、シマの要所には腕の立つ構成員を常に立たせていた。

「あいつは眞鍋をどうするつもりだ？」

武闘派で鳴らした極道は、自分が病魔に負けるとは予想できないらしい。数年前のある日、突然、清和の実父である眞鍋組初代組長が意識不明の植物状態になり、台所が苦しかった眞鍋組に激震が走った。結果、初代姐である佐和の意向もあり、当時若頭だった橘高に引き取られていた清和に跡目が回ってきたのだ。実父も養父もヤクザだが、清和は修羅の道に進む気はさらさらなく、真面目《まじめ》な優等生として高校に通っていた。どうして実父の後を継いだのか、運命や宿命とかいう不確かなものを感じずにはいられないが、清和は眞鍋組のトップに立つ時には明確な意思を持っていた。稼ぐのが下手な義父を助けるため、逼迫していた眞鍋組の経済を立て直す、と。

三代目組長に就任した加藤には、眞鍋組に対するなんの意思も気概も感じられない。

「京子は眞鍋のことなんてどうでもいいはずです。加藤には眞鍋のシマを維持する力はありません」

この様子だと一週間後に眞鍋組のシマは消滅しているかもしれない、と祐は左の人差し指を立てた。

いくらなんでもそんなことは、と氷川でさえ口を挟めない。あまりにもシマを奪われるのが早すぎるからだ。

違う側面から言えば、敵対する組織は眞鍋組の隙を突いて迅速に攻め込んだからこそ、シマを乗っ取ることができたのであろう。

「海外勢にシマを奪われたら麻薬が蔓延《まんえん》する」

目まぐるしい時代の変遷《へんせん》を受けて、暴力団はマフィア化しているものの、頑《かたく》なに仁義と義理を貫き通している極道もいた。昔気質《むかしかたぎ》の極道の薫陶を受けて育った清和は、目的のためには手段を選ばない外国のマフィアに危機感を募らせている。大分前から眞鍋組の重鎮は命がけで外国系の勢力の進出を阻《はば》んでいた。

「はい、日本人を薬漬けにして金を巻き上げたらいいシノギです。日本人女性を海外に売り飛ばせばまとまった金になる。地下銀行は栄え、日本の金は海外に流れるでしょう。日本の不景気が加速します。不景気が加速したらますます治安は悪くなるでしょうね」

底の見えない不景気を嘆く祐に憂国の士の面影はないが、ドス黒い鬱憤《うっぷん》が溜まっているのは確かだ。

「……加藤」

清和は加藤に対する言葉が思いつかないのか、その名前を低い声で口にするだけだ。そんな清和を宥めたりせず、祐は言葉を重ねた。

「加藤の若頭に立った香坂《こうさか》はまだ脳ミソがありそうな男だったけど……加藤と同じように脳ミソがないのかな。脳ミソがないのならば何も考えられないし、俺の脳ミソを分けてやりたいな」

祐は独り言のようにブツブツと呟《つぶや》くと、こめかみを押さえて大きな息を吐いた。かつてない愚劣な闘いに、スマートな策士はかなり苛立《いらだ》っている。

「……あいつ」

清和も自分の世界に入り込んだのか、鋭敏な目で閉じられているドアを睨《にら》み据《す》えた。この場に加藤派の舎弟が乗り込んできたら、血祭りに上げそうな気配だ。依然として一階からは尋常ではない物音が聞こえてくる。

「眞鍋のシマを守ろうとして血を流しているのは橘高顧問や安部さんの舎弟たちです。すでに多くの負傷者が出ているようですよ。遠からず、誰かが命を落とすでしょう」

武闘派として名を馳せた橘高や安部の舎弟には腕利《うでき》きが揃《そろ》っているが、いかんせん、あまりにも敵が多すぎる。そのうえ、相手は場所も弁《わきま》えず、往来で拳銃《けんじゅう》をブッ放したり、青龍刀《せいりゅうとう》やジャックナイフを振り回したりするそうだ。

なんらかの思惑が背後に蠢《うごめ》いているのか、警察は不夜城の混乱を無視しているという。

「安部は無事なんだな？」

「安部さんの奮闘で眞鍋総本部の周りから台湾《タイワン》マフィアの劉《りゅう》と香港《ホンコン》マフィアの李《り》が去ったようです」

もう氷川はどこにどう怒りをぶつけたらいいのかわからない。なぜ、こんなことになってしまったのか、一度考えだすと悪い方向にぐるぐる回ってしまう。もし、氷川と再会しなければ、清和の姐は京子であり、眞鍋組が真っ二つに割れることはなかっただろう。前代未聞の男の姐である自分が諸悪の根源かもしれない。

「……僕がいけなかった……僕さえいなければこんなことにならなかった……杏奈さんも裕也くんも人質にならずにすんだ……」

氷川が虚《うつ》ろな目で自分に語りかけるように言うと、清和は顔を派手に強張らせ、祐は首と手を大きく振った。

「姐さん、そんなしょうもないことに脳ミソを使わないでください。脳ミソは有意義に使いましょう。姐さんの役目はただひとつ、清和坊ちゃまのピリピリを消すことです」

「……うん？　僕は清和くんのお兄ちゃんのままでいればよかったのかもしれない。京子さん、僕が男だったから余計に悔しかったんだと思う」

口下手な男は感情を言葉で表現できないらしく、清和は険しい形相を浮かべるだけだ。そんな主《あるじ》に代わり、祐は肩を竦めて高らかに言った。

「京子と我らが清和坊ちゃまじゃ、結婚したとしてもいずれ夫婦間で大戦争が勃発《ぼっぱつ》したはずです。我らが姐さん、脳ミソの使い方を間違えていますよ。第一、姐さんを押し倒したのは我らが清和坊ちゃまでしょう」

いつまでも弟ではないし、子供でもないんですよ、と祐は意味深な笑みで歌うように続けた。

「初めて押し倒された時は、びっくりした」

初めての時を思い出した途端、氷川は自分でもわけがわからないが、白いシーツを引き千切りそうになった。

あの日、氷川は昔と同じように清和の頭を撫でようとしたが、つれなく避けられてしまった。

そして、逞《たくま》しい清和の腕に軽々と抱き上げられてベッドルームに運ばれ、キングサイズのベッドに押し倒されたのだ。

「そうでしょう。姐さんは男の欲望に疎《うと》い。おむつをしていた清和坊ちゃまも大人の男になったんです。お綺麗《きれい》な諒兄ちゃんを見たら押し倒して自分のものにしますよ」

祐がおどけたように『おむつ』を口にした瞬間、清和の顔つきが豹変《ひょうへん》した。いかんともしがたい思いに苛《さいな》まれているような気配がある。

「京子さん、相変わらず、綺麗だった。僕なんかよりずっと綺麗だ」

女性に興味が持てない氷川であっても、京子の華やかな美貌は認めずにはいられない。

清和と並べば最高の絵になっただろう。

「安心してください、清和坊ちゃまの好みは清楚《せいそ》な諒兄ちゃんです。初恋は一生引きずりますから」

祐がにっこり微笑んだ時、控えめなノックの音とともにドアが開いた。髪の毛と胸元が乱れたサメがひょっこりと顔を出す。

「箱根の夜は寒いですね。運動しても汗を掻《か》きません」

乗り込んできた加藤派の舎弟たちは全員処理しました、とサメは言外に匂わせている。まともに報告しないところがサメのサメたる所以《ゆえん》だろう。一階からは物騒な怒鳴り声も物音も聞こえず、しんと静まり返っている。

清和は鋭利な双眸でサメを労《ねぎら》ったが、祐は秀麗な美貌を歪《ゆが》ませて罵《ののし》った。

「虎《とら》とサメが揃っているのに遅いんじゃありませんか？　ウオッカの飲みすぎで酔っぱらっていたとは言わせませんよ。あまりにも時間がかかるから、こちらでは麗《うるわ》しの白百合《しらゆり》が変な方向に脳ミソをフル回転させています」

祐の八つ当たりにも似たセリフの意図を、サメは的確に把握した。

「麗しの白百合がどうされました？　怖くなって、うちの大事な清和坊ちゃまを捨てる気じゃありませんよね？　うちの大事な清和坊ちゃまを捨てるなら、俺たちを殺してからにしてください」

サメに真顔で見つめられ、氷川は首を大きく振った。

「違う、そんなんじゃない……僕さえいなければこんなことにはならなかった、っていう気持ちが消えないんだ」

思い悩んでも仕方がないと振り切ろうとしても、氷川の思考回路は本人の意思を裏切って複雑に作動する。清和への想いが強すぎるからかもしれない。

「じゃ、うちの大事な清和坊ちゃまと別れられるんですか？」

ふっ、とサメは馬鹿らしそうに鼻で笑い飛ばし、清和の精悍《せいかん》な横顔を指した。

「それはいや」

氷川が即答で切り返すと、サメは派手に肩を竦めた。

「うちの大事な清和坊ちゃまと別れる気もないのにそんなネガティブ思考に突き進まないでください。今、俺らに余裕はないんです。……嗚呼《ああ》、トイレに行きたくても行く余裕がない。この歳《とし》になっておもらしもどうかと思うんですが」

サメはボサボサの髪の毛を掻《か》き毟《むし》ったが、どこか芝居がかっている。余裕がない現状を表現しているようだ。

「……う、うん？　身体に悪いからトイレには行ってください。どうしたの？」

サメは話を脱線させたが、氷川は真顔で元に戻した。

「今夜はここに泊まるつもりでしたがやめたほうがベターです。ハリアップ、すぐに出ましょう」

サメが言い終えるや清和は氷川の肩を抱き、祐は真剣な顔でコクリと頷いた。熾烈な世界で闘う男たちの意見は一致している。さしあたって、即座に襲撃された別荘から立ち去るべきだ。

氷川は手早く身なりを整えると、清和とともに寝室から出て、洒落《しゃれ》た手すりが印象的な階段をゆっくり下りた。

「……これは」

階段を下りきったところ、広々としたスペースにはガラスの破片とともに血が飛び散っている。よくよく見れば壁には血の手形がいくつもあった。まるで地獄絵図だ。

何か目に見えないものに引かれるように、氷川はサメがロシア土産《みやげ》を広げた部屋を覗《のぞ》いた。

クライスラーが窓から部屋に突っ込んでいる。

天井も壁も床も血が飛び散り、テーブルもソファも品のいい調度品も木っ端微塵《こっぱみじん》に壊れ、サメのロシア土産も見当たらない。陶器やクリスタルの破片とともに拳銃の薬莢《やっきょう》がいくつも転がっていた。

見間違いか、氷川は目を押さえてから凝視した。ついでに夢ではないかと、隣に立つ清和のシャープな頬を抓《つね》ってみる。

目の錯覚でもなければ夢でもなく現実だ。

「……なんでこんなところに車が……ひょっとして、車で突っ込んできたの？　交通事故じゃないよね……わざとだよね……」

いつでもどこでも大型バイクで敵の本拠地に突っ込む眞鍋組の特攻隊長の姿を、氷川は脳裏に浮かべた。加藤派にも命知らずの男がいても不思議ではない。

「そのようだな」

清和は冷静に受け止めているが、氷川の背筋は凍りついたままだ。

転倒したサイドボードの向こう側にある血の海では、加藤派の構成員たちが重なり合うように何人も倒れている。壁の大きな穴に頭を突っ込んでいる加藤派の構成員の足は、不自然な方向に曲がっていた。噎《む》せ返《かえ》りそうな血の中、加藤派の構成員たちは、誰ひとりとしてピクリとも動かない。

「リキくんと宇治くんは無事なんだね？」

氷川がこの場で闘っていた男たちの安否を掠《かす》れた声で尋ねると、清和は伏し目がちにボソリと答えた。

「これくらいでリキも宇治もやられない。行くぞ」

清和に肩を優しく抱き直され、氷川は玄関のドアに向かって進む。すでに祐は三和土《たたき》で靴を履いていた。

「これくらい？　これくらいってレベルじゃないような……」

「ショウの特攻に比べたらぬるい」

清和が断言した通り、リキや宇治に負傷は見られず、何事もなかったかのように車の前で佇《たたず》んでいる。

「姐さん、怖い思いをさせて申し訳ありませんでした」

リキが低い声で謝罪し、宇治は無言で深々と頭を下げる。氷川は命がけで守ろうとしてくれている男たちを詰《なじ》ったりはしない。

「無事でよかった。ケガなんてしていないね？」

「姐さん、優しいお気持ち、感謝します。が、時間がありませんので乗ってください」

リキに淡々とした調子で促されて、氷川は清和とともに銀のメルセデスの後部座席に乗り込んだ。素早い動作でリキも氷川の隣に腰を下ろす。

助手席には祐が乗り込み、運転席にはサメが座る。

「出しますよ」

サメは一声かけてからアクセルを踏み、銀のメルセデスを発車させた。氷川を乗せた車はあっという間に戦場と化した別荘を後にする。

すぐ背後を走ってくる車には、宇治と諜報部隊のイワシが乗っているようだ。車窓の向こう側には闇に包まれた自然が広がり、民家らしき建物は一軒も見当たらない。急カーブが続く車道には車やバイクも走っておらず、この世とは思えないぐらい不気味に静まり返っていた。

2

追跡車は現れず、氷川《ひかわ》を乗せた車は箱根《はこね》の山を下りた。

「姐《あね》さん、桐嶋《きりしま》組長から連絡がありましたか？」

祐《たすく》は助手席で携帯電話を操作しつつ、なんでもないことのように氷川に尋ねた。桐嶋組の組長である桐嶋元紀《もとき》は、氷川の舎弟を名乗る熱い男だ。

「桐嶋さん？　……あ、携帯電話をチェックするの忘れていた」

氷川が答えると、祐は呆《あき》れ口調《くちょう》で言い放った。

「桐嶋組長の単純単細胞ぶりは貴重かもしれません」

桐嶋の単純単細胞ぶりは氷川も熟知しているが、祐が口にすると凄絶《せいぜつ》な険を感じないでもない。

「祐くん、嫌みっぽい……桐嶋さんに何かあったの？」

眞鍋《まなべ》組の内紛の影響を受けたのか、ほかの暴力団に乗り込まれたのか、氷川は沈痛な面持ちになって訊《き》いた。

「入手した情報によれば、三代目組長こと加藤馬鹿息子《かとうばかむすこ》は桐嶋組とは揉《も》めたくないらしく、京子《きょうこ》を連れて桐嶋組長に挨拶《あいさつ》をしようとしたらしい。京子の入れ知恵かもしれませんが、加藤馬鹿息子にしては賢明です」

シマの大半を数多《あまた》の組織に占拠された挙げ句、友好関係を結んでいた桐嶋組とまで敵対したら、眞鍋組の前途は危ういなんてものではない。おそらく、狡猾《こうかつ》な京子の指図によるものだろう。今、眞鍋組を潰《つぶ》してしまっては元も子もない、と。

「そうだね、桐嶋組と争ったら眞鍋組はおしまいだもんね。加藤さんもそれぐらいはわかるんだ」

氷川は変なところで安心したが、祐は忌ま忌ましそうにこめかみを押さえた。

「ところが、俺が仕える主《あるじ》はただひとり、と桐嶋組長は宣言して、加藤馬鹿ちんと京子を追い返したそうです」

京子と加藤は桐嶋に最大限の礼儀を払い、夫婦《ふうふ》揃《そろ》って桐嶋組を訪問したが、桐嶋はけんもほろろに拒んだという。

『あほんだらぁっ、俺は氷川姐さんの舎弟やっ。俺の前に顔を出すなら、夫婦揃って氷川姐さんに土下座してから来いやーっ』

桐嶋は桐嶋組総本部の前で京子や加藤に向かって塩を撒《ま》いたそうだ。

加藤はその場で隠し持っていたナイフをギラつかせたが、京子が白々しいぐらいの猫なで声で止めたという。

すなわち、桐嶋は加藤率いる眞鍋組の敵に回った。

不器用なくらい真っ直《ます》ぐな桐嶋らしいといえば桐嶋らしいが、桐嶋組のトップとして取るべき行動ではないだろう。

もうっ、と氷川は白皙《はくせき》の美貌《びぼう》を歪《ゆが》ませて溜《た》め息《いき》混じりの声を漏らした。

「……桐嶋さん、無事なの？」

凶暴な加藤に殺意を向けられたと考えれば、いやでも血まみれの桐嶋が眼底に浮かぶ。次から次へと刺客を送り込まれているのではないだろうか。

「加藤馬鹿ちんと京子の顔に泥を塗ったわけですから、眞鍋のヒットマンが桐嶋組長に飛びました。目下、桐嶋組長は加藤派の舎弟たちと実りのない大乱闘を繰り広げています」

加藤はただでさえ限りのある兵隊を桐嶋組に回し、眞鍋組のシマの維持はますます危うくなっているようだ。今現在、加藤が桐嶋と争っても、なんの利もないというのに。

「馬鹿、馬鹿、ふたりとも大馬鹿、加藤さんにしても桐嶋さんにしてもいいことなんてないでしょう」

氷川が声を張り上げると、隣にいる清和《せいわ》は切れ長の目を細めた。だから馬鹿なんだ、馬鹿だから止まることも引くこともできないんだ、馬鹿には力で押すしかないんだ、と清和は鋭利な目で語っているようだ。

「今まで桐嶋組のシマは眞鍋組との友好関係により守られていました。もちろん、我が眞鍋組にも桐嶋組との友好関係は大きなメリットがありました。これは姐さんにお礼を申し上げなければなりません」

祐は一呼吸置いてから、苦しそうに現状を明かした。

「眞鍋のシマには現在、西の長江《ながえ》組の男がのさばっていますが、桐嶋組のシマにも長江組の男がうろついています。加藤派の眞鍋組と桐嶋組の関係悪化を見越して、長江組が乗り込んできたのかもしれません」

西日本の覇者である長江組の恐ろしさは、氷川もよく知っている。元々、桐嶋は関西出身であり、長江組の大原《おおはら》組長に可愛《かわい》がられていた極道だった。桐嶋もまた運命の皮肉に惑わされている男だが、すべてを笑顔で乗り越える雄々しさとおおらかさがある。氷川にとってリキや祐、ショウやサメと同じように、かけがえのない大事な男のひとりだ。

「桐嶋さんは生きているね？」

氷川が不安に駆られて涙声で尋ねると、祐はギスギスした声音で答えた。

「桐嶋組長は殺しても死なない男ですが、もうちょっと上手《うま》く立ち回ってほしい。なんであんなに馬鹿なんだ」

桐嶋が表面上だけでも加藤と手を組めば、内情を探るチャンスもあっただろうし、祐が収束に向けたシナリオを書くこともできたに違いない。

「桐嶋さんに連絡を入れようか？」

「姐さんは口を出さないでください。そんなことをしたら桐嶋組長が、眞鍋組総本部に殴り込みかねない」

　極道の世界で勝つためには、組のために命を投げだす男が数人いればいい。腹にダイナマイトを巻き、敵対する暴力団に殴り込めばそれですむからだ。誰よりも熱い血潮が流れ、呆れるぐらい直情型の桐嶋ならばやりかねない。

「……桐嶋さんがお腹《なか》にダイナマイトを巻くのはやめさせないと」

　自惚《うぬぼ》れでも妄想でもなく、桐嶋は氷川のためならばダイナマイトを腹部に巻いて自爆する。

「だから、姐さんはなんの連絡もしないでください。今、藤堂《とうどう》に復活されたらおしまいです。藤堂ならば桐嶋組長を巧みに騙《だま》して、眞鍋のシマを狙《ねら》うでしょう」

　祐の口から宿敵である藤堂和真《かずま》の名前が出た瞬間、清和の顔色が変わった。指定暴力団・藤堂組の初代組長である藤堂に、清和は何度も罠《わな》を仕掛けられ、耐え難《がた》い屈辱感にのた打ち回ったという。挙げ句の果てに、藤堂は素人《しろうと》の氷川を闘いに巻き込み、清和は全面戦争に踏み切った。藤堂組を解散させ、勝利を収めた形になっても、藤堂に対する清和の怒りや警戒心は薄れていない。

　一瞬にして車内に清和の怒気が充満するものの、祐やリキ、サメは宥《なだ》めようとはしなかった。清和の隣に氷川が座っているから、藤堂に対する憎悪で暴れたりしないと踏んでいるのだ。苛烈《かれつ》な昇り龍《のぼりりゅう》はとことん姐さん女房に弱かった。

「藤堂さん？　ひょっとして、藤堂さんが現れたの？」

藤堂と桐嶋は昔馴染《むかしなじ》みであり、一緒に関西から上京しながら離れ、別の人生を進んでいたが心は常に繋《つな》がっていたのか、一言では言い表せない関係だ。かつて藤堂組の金看板を背負っていた藤堂は、手法の小汚さでは定評があり、清和に何度も煮え湯を飲ませたが、桐嶋を守るために自分の野心を捨てた。藤堂組が解散した後、そのままシマや資産を受け継いで桐嶋組の看板を掲げたのが桐嶋である。藤堂の行方《ゆくえ》は杳《よう》として摑《つか》めず、桐嶋のみならず清和も血眼《ちまなこ》になって探していた。

「まだ東京に現れたという情報は摑んでいませんが、俺たちの情報網は弱くなっています。ただ単に情報を摑めていないだけかもしれません」

「藤堂さんが……まだ清和くんや眞鍋のシマを狙っているの？」

今、藤堂が出現したとなれば、その目的は自ずと絞られる。弱体化している眞鍋組を叩《たた》くならば今をおいてほかにはないが、氷川には藤堂が返り咲きを狙っているとは思えなかった。藤堂の不幸な境遇と桐嶋に対する彼の気持ちを知っているからかもしれない。誰よりも小汚い男は誰よりも寂しい男だった。そして、誰よりも桐嶋を大事にしている。

「男の野心を甘くみないでください」

藤堂には消えない野心がある、と祐は言外に匂《にお》わせているし、氷川の左右にいる男たちも同意するように頷《うなず》く。

「男の野心？」

氷川が所属する医学界においても権力闘争は凄《すさ》まじく、派閥も賄賂《わいろ》もうんざりするほど多い。みんながそうだとは言わないが、己の野心に駆られ、権力主義に陥《おちい》る医師は少なくはなかった。氷川にはそういった上昇志向はなく、目の前にいる患者を治すことを大事にしている。

「お優しい姐さんには理解できない感情かもしれません。とりあえず、そういうことですから、桐嶋組長とのメールのやりとりもしばらく控えてください。桐嶋組長に姐さんの言葉がプラスされたら事態がどこでどう転ぶかわかりません」

桐嶋組長は素直な駒《こま》にならない、と祐は独り言のようにポツリと漏らした。たぶん、桐嶋は祐の予想を斜め上に突き進む確率が高いのだろう。

「そんな暇はないよ」

「桐嶋組長にもそんな余裕はないと思いますが、念のためです」

桐嶋組のシマで鉄パイプを振り回す桐嶋が、容易に氷川の脳裏に浮かぶ。おそらく、嬉《き》嬉《き》として加藤派の舎弟たちを叩きのめしているはずだ。

「桐嶋さん……まだ桐嶋組は維持しているんだね？」

成り行き上というか、運命だったというか、桐嶋が桐嶋組の看板を掲げた時、ここまで続くとは誰も予想していなかった。桐嶋は共存を掲げる関東の大親分に気に入られたこともあったが、自身の男っぷりだけで桐嶋組を回している。

意外なようだが、清和と桐嶋は気が合うらしい。眞鍋組が藤堂に害をなさない限り、桐嶋は清和の盟友だ。

「今のところは維持しているようです。長江組の構成員も桐嶋組のシマで飲んだり遊んだりはしていますが、面と向かって桐嶋組の構成員にケンカをふっかけたりはしません。長江組は自然なチャンスを狙っているのかもしれませんが」

長江組は桐嶋組を支配下におきたいが、肝心の桐嶋は首を縦に振らない。氷川に命を捧《ささ》げた今、桐嶋は長江組系桐嶋組を名乗る気がないのだろう。とりもなおさず、桐嶋組が長江組の手先となって利用されることがわかりきっているからだ。単細胞の冠を被《かぶ》る桐嶋でも、最低限のことはきちんと理解している。

「……今回はちゃんと説明してくれるんだね」

組のことには口を挟むな、と氷川は今まで耳にタコができるぐらい聞かされてきたが、今回は尋ねれば隠さずに答えてくれる。

「いきなり、それですか？」

祐は楽しそうに喉《のど》の奥で笑っているが、氷川の隣にいる清和はまさしく滝に打たれる修行僧のような雰囲気だ。

「ひょっとして、今回は僕を騙せないくらい危険だから教えてくれるの？」

よくよく思い返せば、眞鍋組のシマを脱出してから、真っ先に向かった酒井《さかい》のところで襲撃を受け、サービスエリアでは吾郎《ごろう》に襲いかかられ、ひょんなことから出会って助けた小田原《おだわら》の千晶屋《ちあきや》に腰を据えようとしたものの、箱根の仙石原《せんごくばら》の別荘に身を潜める羽目になった。それなのに、今、また仙石原の別荘を逃げだしている。いったいどこまで流れていくのだろうか。以前、タイで窮地に陥った時のように、アラブのプリンスの寵愛《ちょうあい》を受けている元《もと》諜報《ちょうほう》部隊《ぶたい》所属《しょぞく》のエビを頼るのだろうか。

ちなみに、有能なエビのアラブのプリンスへの嫁入りも、諜報部隊の能力低下の一因と囁《ささや》かれている。清和のみならずサメやリキも、すこぶる優秀なエビを手放したくなかったそうだ。アラブのプリンスの情熱的でいて一途な求愛には折れるしかなかった。

「姐さん、核弾頭ぶりを発揮するのは控えてください……まぁ、つい先ほどみたいに落ち込まれるよりはマシかもしれませんが……いや、人間核弾頭のほうが困るかな……落ち込んだほうが鉄砲玉みたいに飛ばないからマシなのか……」

祐が秀麗な美貌を苦悩に歪ませて思い悩んでいるが、なかなか答えは出ないようだ。氷川にしてみれば馬鹿馬鹿しくも無用の悩みである。

「祐くん、そんなに真剣に悩まなくても」

「俺の悩みの八割は姐さんで占められていることをよく覚えていてください」

祐がきっぱりと言い切った時、車窓には夜の海が広がっていた。いつしか、海側に下りたらしい。

「ここはどこの海？　小田原の海？」

氷川が素朴な質問をすると、ハンドルを握るサメが軽快に答えた。

「地中海です」

氷川の脳裏に浮かんだ世界地図を、清和や祐に確認する必要はない。天と地がひっくり返っても、車窓に広がる海は地中海でもなければ瀬戸内海《せとないかい》でもない。

「サメくんの嘘《うそ》つき」

「加藤は騙せても姐さんは騙せませんね。加藤はクルーザーの持ち主に地中海だと言われたら信じたそうですよ」

サメは楽しそうにカラカラ笑いながら、アクセルを踏んでスピードを上げた。心なしか、車内の空気が冷ややかなものになる。

「……は？　加藤さんが？　いったい何？」

加藤と地中海が繋がらず、氷川はガラス玉のように綺麗《きれい》な目を揺らした。

「三年前の話らしいですが、加藤は不良仲間やキャバ嬢と海上デートしたそうです。クルーザーの持ち主が、地中海だと冗談で答えたら、加藤は素直に信じたそうです。素直っていうより、馬鹿なだけとも言いますが」

葉山《はやま》から出港して十分後、加藤はクルーザーの持ち主に海の名前を聞いたらしい。クルーザーの持ち主はほんの冗談で答えたが、加藤は真に受けたそうだ。

「どうして日本に地中海があるの？　日本の地中海と呼ばれている瀬戸内海だって関東圏からは遠い」

　妻子持ちの医者が不倫相手を連れていく旅先に地中海があった。この世の楽園のようなシチュエーションが得られるという。

「だから、加藤は地中海がどこにあるのか知らないんです」

　サメは楽しそうに笑ったが、氷川は大嘘をついているとしか思えなかった。いくら加藤が愚かでも地中海が日本にないことくらいは知っているだろう、地中海も知らない男が眞鍋組の三代目組長に就《つ》かないだろう、と。

「地中海なんて小学生でも知っているはず……ううん、小田原の千晶《ちあき》くんはわからないかもしれない……あ、でも、小田原の海はよく知っているから海には詳しいのかな……湘南《しょうなん》海岸《かいがん》にも遊びに行っているらしいし……」

　子供の頃から徒歩で行ける小田原の海は、千晶の遊び場だったという。人気バンドの影響か、夏になると千晶は父親に連れられて湘南の海に遊びに行くそうだ。確かめたことはないが、千晶も父親も地中海に繰りだした過去はないだろう。

「……ま、加藤は千晶並みの知性しかないと思ってください。そうしたら怒りも半減します」

サメは氷川のみならず清和に言い聞かせるように、加藤の頭脳について語った。

「加藤さんと千晶くんの知性が一緒？　それは大人として最低だと思うけど……ああ、だから最低な子なんだね」

千晶は可愛いけれども加藤は可愛くない、と氷川はじゃれついてくる千晶と日本刀を振り回す加藤を頭の中で並べた。

「最低な子だけど女のこまし方は上手いんです。女を海上デートに誘う理由がわかりますか？」

「海上デート？　ロマンチックだから？　僕は清和くんにそんなロマンチックなデートに連れていってもらった覚えがない」

妻子持ちの医師が意中の独身女性を連れ、夜の船上クルーズを楽しんだと聞いたことがある。高級ワインとフランス料理を堪能《たんのう》してから船を降りると、独身女性はいやがらずにホテルの部屋についてきたという。独身女性を落とすテクニックとして、妻子持ちの医師の間ではまことしやかに囁かれている。

氷川が横目で清和を眺めたが、年下の男は仏頂面《ぶっちょうづら》で黙りこくっている。

「ロマンチックなデートどころかレイプに乱交です。よく考えてください？　海の上なんですよ？」

サメがあっけらかんと言ったが、氷川は瞬時に理解できなかった。

「……海の上？　船でデートってロマンチックなんでしょう？　どうしてレイプに乱交になるの？」

「地上ならまだしも、船上で襲われたら女は逃げられません」

ようやくサメの言葉を理解し、氷川は白皙の美貌を歪ませた。男としてというより、人として決して許されない犯罪だ。

「……そんな」

女性が船上でどんなに抵抗しても、絶対的な権力を握っているのは船主の男だ。抵抗するにも限度があるのだろう。

「海を見に行こう、船に乗ろう、釣りに行こう、とかいう誘いには決して乗らないでください。男には野心もあれば下心もある」

「……わかった……けど、サメくんはどうしてそんなことを知っているの？　加藤さんの情報を摑めるようになったの？」

ようやく諜報部隊の力が戻ってきたのか、と氷川は勢い込んだものの、空回りしてしまったようだ。隣にいる清和の表情も空気もなんとも言い難いぐらい渋い。ただ、サメは明るく反応した。

「姐さん、俺も伊達《だて》に戸隠《とがくし》でソバを食ったわけじゃありません。箱根でも日光《にっこう》でも水戸《みと》でも鎌倉《かまくら》でも秋田《あきた》でも札幌《さっぽろ》でもソバを食っています。海を見に行こう、で加藤にヤられて身を持ち崩した女に会ったんですよ」

どうして各地のソバが出てくるのか、いちいちサメの話の持っていき方に突っ込んだりはしない。

「加藤さんに泣かされた女性はいっぱいいるんだね……気の毒に……」

氷川が大きな溜め息で締めくくった時、サメがハンドルを操る車は大きな船に吸い込まれるように進んだ。

「……船？」

予想外の展開に氷川が目を丸くすると、サメはどこぞのキザ男のような口調で言い放った。

「姐さん、我らが清和坊ちゃまと姐さんのロマンチックなデートです。ここには高級ワインもフランス料理もありませんし、ピアノの生演奏もありませんが、ふたりの愛で盛り上げてください」

いくら氷川が世間知らずの医師であっても、サメの言葉をそのまますんなり信じるわけがない。

「つまり、この船で逃げるの？」

氷川がズバリ言い切ると、隣の清和は息を呑《の》んだ。

「我らが麗《うるわ》しの姐さん、そんな身も蓋《ふた》もないことを言わないでください。清和坊ちゃまと姐さんの初めての海上デートです。初めての海上デートでしょう？　姐さん、まさかほかの男と一緒に海上デートなんてしていませんね？」

サメはおどけた口ぶりで氷川の発言を掻《か》き消《け》そうとした。逃げる、という言葉に清和の自尊心がひどく反応したからだ。

「僕はこんな船に乗ったことはないよ。清和くんのほうが綺麗な女性と一緒に海上デートしていそうだね……え？　清和くん、若くて綺麗な女性と海上デートしたことがあるの？……あるんだね？」

清和の横顔を見た瞬間、氷川は愕然《がくぜん》とした。

「…………」

清和の表情になんの感情も見えないが、氷川にはなんとなくだがわかる。愛《いと》しい男は魅力的な女性と海上で楽しんだ経験があるのだろう。

「若くて綺麗な女性を海上デートに誘って、逃げられないようにして……ことに及んだの？　加藤さんみたいなことはしていないね？」

瞬間湯沸かし器の如《ごと》く氷川の嫉妬《しっと》が沸騰し、車内の温度を一気に上げた。サメから明かされた加藤のひどい話が心を侵食する。

「俺と加藤を同じにするな」

心外だとばかりに清和は横目で答えたが、それぐらいで氷川の嫉妬は鎮《しず》まったりはしない。

「うん、清和くんだったら若くて綺麗な女性のほうから海上デートに誘うんだよね？　若くて綺麗な女性が船の上で清和くんに迫るんだね？　船だったら清和くんは逃げられないよね？　海に飛び込んでまで逃げないよね？」

夢のように素晴らしい夜景が望めるデッキで、清和にしなだれかかる女性が容易に想像できる。清和は女性を拒むために海に飛び込む必要はない。

「…………」

「清和くん、船でも女性にモテたんだね？　地上でもモテたから、船でも飛行機でもモテるのかな」

氷川は無意識のうちに清和の手を抓《つね》ってしまった。いつもと同じように、年下の亭主はおとなしく耐えている。

「…………」

「……もっ、女性と一緒に船に乗っちゃ駄目だよ？　海を見に行こう、船に乗ろう、釣りに行こう、とかいう女性の甘いお誘いに乗っちゃ駄目だよ」

女性を魅了する清和にとって海は危険だ。つい先ほどサメから受けた注意を、氷川は険しい顔つきで清和に向ける。

「…………」

「船なら僕がビーチボートを買ってあげるからっ」

氷川はどこまでも真剣だったが、運転席にいるサメは肩を震わせて笑っている。祐も喉の奥で笑いつつ、スマートな動作で助手席から降りた。

「サメくん、何を笑っているの？　笑っている場合じゃないでしょう。君も清和くんに注意するように言ってください」

くわっ、と氷川は牙《きば》を剝《む》いたが、なんの効果もないようだ。

「姐さん、姐さんのおかげで俺たちは野獣にならずにすみます。いや〜っ、やっぱりうちの白百合《しらゆり》は最高の姐さんです」

サメがしみじみとした様子で言うと、リキは銀のメルセデスから降り、氷川や清和のために後部座席のドアを押さえた。

「先生、降りてくれ」

清和に静かな目で促されて、氷川は銀のメルセデスから降りた。薄暗いけれどもそこが駐車場だとなんとなくわかった。

「足元に気をつけてくれ」

清和に守られるように肩を抱かれ、氷川は注意深く前に進んだ。先頭を切るサメに続き、シンプルな造りの駐車場を後にする。

駐車場は船底だったらしく、氷川はゆっくり階段を上がった。船のエンジン音がやたらと耳に響く。

「……あっ」

氷川は階段でつまずいたが、清和の大きな手によって支えられた。祐は壁に腕をぶつけたようだが、階段から転げ落ちたりはしない。

階段を上り切ると、ロビーのような空間が広がっている。赤いカーペットが敷かれた廊下を真っ直ぐに進んだ。

「……清和くん、ここは豪華客船？」

意匠の凝った壁も天井も白で統一され、随所に金が使われている。慎ましく育った氷川には、それだけで贅沢《ぜいたく》に思えてしまった。

「豪華客船ではないと思う」

清和が抑揚のない声で答え、氷川は再び周囲をぐるりと見回した。確かに、豪華客船と呼ぶにはすべてのスケールが小さい。妻子持ちの医師が語った豪華客船は、贅を尽くした最高級のホテルに等しい空間だった。

「リーズナブルなフェリーボート？」

氷川の言葉に対し、清和は曖昧《あいまい》な微笑を浮かべた。

「……そうかもしれない」

「清和くん、詳しくないの？　清和くんの船じゃないいんだね？」

氷川が船主について突っ込もうとしたが、清和に制止されてしまった。

「……先生」

先頭を切るサメが入室した部屋はレストランなのか、バーカウンターや小さなワインセラーがあった。北欧製のソファやテーブル、アジアン調のキャビネットや優美なサイドボードなど、ひとつひとつは悪趣味ではないが統一感はない。よくよく見れば、英国製のブックケースの向こう側にはデスクトップパソコンやノートパソコンが何台も並び、大きなモニター画面やプリンター複合機がある。かつて諜報部隊所属のイワシが使っていた盗聴器に似た類の機械を楕円形《だえんけい》のテーブルのうえに見つけた。日本時間と同時にアメリカの時間を表す時計だけでなく、フランスや中国の時間を表す時計もある。

サメは無線らしき機械を難しい顔で操作し、リキは仏頂面でデスクトップパソコンのキーボードを叩いた。とうとう電池切れか、体力のない祐は携帯電話を手に北欧製のソファに腰を沈める。

「イタリアのヴェネチアングラスにドイツのローゼンタールのカップに中国の景徳鎮《けいとくちん》の壺《つぼ》にフランスのエッフェル塔のレプリカにインドの象の置物にトルコのカッパドキアの奇岩のレプリカ？　……多国籍な部屋だね？　ひょっとして、サメくんの部屋？」

サメがフランスの外人部隊にいた過去は聞いているが、それ以外に確かなことは何も知らない。ただ、時により、世界各国を飛び回っていることは氷川も知っている。清和が二代目組長の座から降ろされた時、サメはロシアに滞在中で眞鍋組の異変に対処できなかった。

「姐さん、ここは特別な能力を持つ男しか入れない部屋です」

サメはおどけたようにペルシャ絨毯《じゅうたん》の上で三回転した。どうしてここで三回転する必要があるのか、氷川はいちいち尋ねたりはしない。

「諜報部隊の本部？　このむちゃくちゃに置かれている機械は大切な道具だね？」

氷川は機械が無造作に積まれている楕円形のテーブルに近づいたが、清和にやんわりと止められてしまった。

「姐さん、無粋なものもありますが、清和坊ちゃまとデートしてください。誰も邪魔しませんからふたりの愛を確かめ合ってください」

あちらに行け、とばかりにサメがドアの向こう側を指すと、清和は氷川の肩を抱いたまま無言で歩きだした。

氷川も逆らわずに清和に従い、サメがわざとらしく手を振る部屋から出る。清和も内部は熟知しているのか、目の前に現れた長い廊下を真っ直ぐに進んだ。

「清和くん、大きな船だね。大型の客船？」

船に詳しいわけではないが、東京湾を周遊するクルーザーより大規模な感じがする。当然ながら、宴会が行われる屋形船とは比べようもない。

「大型客船というほど大型ではないと思うが」

「そうなの？」

「いつか大型客船に乗せてやる」

幸せな未来を約束してくれた清和の心が嬉《うれ》しい。氷川は甘えるように清和の胸に頰《ほお》を擦《す》り寄《よ》せた。

「うん？　そうだね？　楽しみにしている。フルムーン旅行で豪華客船の世界一周とか広告で見た」

自分にはなんの縁もない話だと思っていたが、清和がいればなんでも可能になるのかもしれない。清和とともに豪華客船で世界一周旅行など、思い描いただけで胸が弾む。橘高《きったか》や典子《のりこ》がいればさらに幸せだ。

「ああ」

「僕、地中海に行ってみたい。清和くん、甘く口説いてね」

最高のシチュエーションの中、愛しい男に甘く囁かれたい。ふふふふっ、と氷川は悪戯《いた》っ子《ずら》《こ》のように笑った。

「……ああ」

清和は右手のドアを開け、猫脚のソファと大理石のテーブルが置かれている部屋に入った。先ほどの多国籍な部屋と違い、こちらはアンティーク仕様の家具と白いファブリックで統一されている。

「すまない、疲れただろう？」

　ソファとテーブルがある居間の奥には、キングサイズのベッドが置かれた寝室があった。トイレやバスルームも完備されているし、アメニティが揃ったパウダールームは広々としている。高級ホテルのスイートのような雰囲気だ。

「疲れている余裕がない……このニュアンスを理解してほしいな」

　氷川は白い壁にかけられた肖像画に視線を流した後、チェストに飾られている人形を見つめた。

「すまない」

「清和くんが謝らなくてもいいんだよ……今さらだけど誰が船の運転？　船を動かしているの？」

　氷川が素朴な疑問を投げると、清和は淡々とした様子で答えた。

「サメもイワシも免許を取っている。ほかにも免許を持つ男が乗船しているが、顔を合わせても驚かないでくれ」

　ここならば相手が誰であれ簡単に襲撃されないはずだ、と清和は言外に匂わせているようだ。サメは氷川を諜報部隊の要のひとつであるこの船に乗せたくなかっただろうが、背に腹は代えられず、苦渋の決断を下したらしい。

「わかった、大切な場所なんだね」

「危険な目に遭わせてすまない」

氷川は宥めるように清和の首に腕を回し、その唇に優しいキスを落とした。確実に清和の緊張感が緩んだ。

「そんなに苦しまないで。清和くんは悪くないんだよ。僕は清和くんがいるなら何があっても平気だ」

「……すまない」

苦悩に満ちた顔で詫《わ》び続ける清和に、氷川のほうが参ってしまう。

「もう、そんなにピリピリしないで……」

氷川は清和の腕を取ると、寝室の中央に置かれているキングサイズのベッドに近づいた。ルームライトにもベッドのサイドにある丸いテーブルにも、金の精巧な装飾が施されている。

「………」

氷川はしかめっ面の清和から黒い上着を剝《は》ぎ取《と》り、ベッドサイドにある丸いテーブルに載せた。

「昔みたいに甘えてごらん。諒《りょう》兄ちゃんが守ってあげるから」

氷川は自分の上着を脱いでから、清和のネクタイを緩めた。

「…………」

「これからまだ闘うのでしょう？　いくら若くてもこんなところでピリピリしていたら身《か》体《ら》が保《だ》たないよ」

氷川は清和のシャツのボタンを上から順にひとつずつ外し、露《あらわ》になった逞《たくま》しい胸板に頬を緩めた。

「……いいのか？」

清和が躊躇《ためら》いがちに尋ねてきたので、氷川は花が咲いたように笑った。何を望んでいるのか、わからない関係ではない。

「うん、清和くんと初めて過ごす海の上だから」

氷川は清和のズボンのベルトを外すと、白い手でファスナーを下ろした。愛しい男の分身はまだおとなしい。

「…………」

圧倒的に負担のかかる氷川の身体を慮《おもんぱか》っているのか、清和は承諾を得た後でも二の足を踏んでいる。自分からは決して氷川の身体に触れようとはしない。

「可愛い、もうどうしようもなく可愛い、僕がいるから大丈夫だよ。きっとすべて上手くいくからね」

氷川は清和の分身をごそごそと取りだすと、満面の笑みを浮かべた。

「…………」

氷川は清和の股間《こかん》に顔を埋《うず》めようとしたが、大きな手によって阻《はば》まれてしまう。自然とふたりの視線が合った。

「清和くん？」

どうして邪魔をするの、と氷川は清和の股間に手を添えたまま視線で尋ねる。

「いいんだな？」

再度、清和に念を押され、氷川は苦笑を漏らしてしまった。きゅっ、と指の腹で清和の分身を煽《あお》るように撫《な》でる。

「さっきも聞いたね？　いい、って僕はちゃんと答えたよ」

「…………」

清和が下半身の欲望と闘っていることは、改めて確かめなくてもわかった。氷川にしてみれば無用の禁欲だ。

「そんなリキくんじゃあるまいし、苦行僧みたいな顔をしないで……」

氷川は目的を持って清和の分身を手で扱《しご》いた。

「…………」

清和の表情は依然として苦行僧のようだが、とうとう観念したのか、分身は何かの生き物のように膨張していく。

氷川は素直に成長する清和の分身が可愛い。もっとも、見た目は可愛いなんてものではないが。

「船ってもっと揺れているかと思ったけどそうでもないし、ここで僕と清和くんがちょっと動いたぐらいじゃ船は沈まない。きっと、眞鍋組が運動会を開催しても沈没しないよ。デッキでパン食い競走したら面白いかもね」

おかしな流れになったが、清和の分身は萎《な》えずに育っている。

「………………」

「清和くん、ピリピリしていたら闘う前に倒れるからね」

サメや祐に示唆されるまでもなく、いつになく清和の神経がささくれだっていることには氷川も気づいている。大人になった清和を宥める方法がひとつしかないことも知っていた。

「わかっている」

氷川は清和の分身から手を放すと、自分のズボンのベルトを外した。ファスナーを下げて、ズボンを脱いだ。

「恥ずかしいから、そんなに……」

見ないでほしい、と氷川は羞恥心《しゅうちしん》に駆られて言いかけたが、すんでのところで思《おも》い留《とど》まった。

氷川は目元をほんのり染めて下着を脱ぎ捨て、なめらかな肌を清和に晒《さら》す。ライトは点灯したままだ。

「清和くん、おいで」

氷川はしなやかな腕を清和の首に絡ませた。

「ああ」

清和に優しく押し倒され、氷川はシーツの波間に沈んだ。穏やかな天候のせいか海上とは思えないほど揺れない。

「いい子だね、やっとする気になったんだ」

清和の唇を首筋に感じ、氷川は軽く微笑《ほほえ》んだ。

「……おい」

「優しくして」

好きなように抱いていいと告げてやりたいが、最後の理性が口にすることを止《とど》めた。清和にはとっくの昔に年上のプライドを捨てているというのに。

「ああ」

問題は山積みだったが、氷川は清和さえ一緒にいれば幸せだった。それは海のうえでも変わらない。

3

翌朝といっても昼近くだが、氷川《ひかわ》は清和《せいわ》の腕枕《うでまくら》で目を覚ました。

加藤《かとう》は清和の腕を斬《き》り落《お》としたがったが、何があろうともそんなことは氷川が許さない。

「清和くんの腕を斬り落としたらただじゃすまない。僕が先に斬り落としてやる」

医者としてあるまじき気持ちを心の中で呟《つぶや》いたつもりが、氷川は上品な唇から実際に発してしまった。

「……先生」

清和の表情はこれといって変わらないが、複雑な気持ちを抱いているようだ。彼の周りの空気がざわめいている。

「指一本だって詰めさせない」

氷川は極道式の謝罪の仕方はどうにもこうにも釈然としない。もっとも、現代では指の代わりに金が飛び交うようだ。

「ああ」

「清和くんは全部、僕のものだからね？　腕も指も足も命も失っちゃ駄目だよ」

氷川が真剣な顔でくどくど言い始めた時、ベッドの棚に置かれていた電話が鳴り響いた。

条件反射のように氷川が電話に応対すると、清和の右腕とも言うべきリキの低い声が聞こえてきた。

『おはようございます』

どんな顔で朝の挨拶《あいさつ》をしているのか、氷川は確かめなくてもわかる。冷静沈着を体現したような彼は、いつでもどこでもポーカーフェイスだ。

「リキくん、おはよう。清和くんに替わります」

氷川は上体を起こした清和に視線を流しながら、リキに言葉を返した。

『鎌倉《かまくら》に向かいます。おふたりとも着替えてください』

リキの口から突然出た古都に、氷川は受話器を落としそうになった。

「鎌倉？　いきなりどうしたの？」

氷川は箱根《はこね》の山や小田原《おだわら》の海から鎌倉までの地図を瞼《まぶた》に再現する。そんなに無茶な距離ではないのかもしれない。

『姐《あね》さん、説明は後でします』

「わかった。ちょっと待って」

氷川は受話器を置いてから、リキの用件を清和に伝える。

「……鎌倉？」

意表を衝《つ》かれたらしく、清和は上体を微《かす》かに揺らした。

「清和くん、鎌倉に何かがあるの？　サメくんが言っていた鎌倉のソバとはなんの関係もないよね？」

「サメのソバは関係ないが……」

清和は思案顔で答えたが、素早い動作でベッドから下りるとバスルームでシャワーを浴びた。もちろん、氷川も清和と一緒にシャワーを浴びる。石鹸《せっけん》もシャンプーもトリートメントもすべて新品で無香料だ。

バスタブにゆっくりと浸《つ》かりたいが、今は控えたほうがいいだろう。氷川と清和はバスルームから出ると、新しいタオルで身体《からだ》を拭《ふ》いた。

手早く身なりを整えてから、清和に肩を抱かれて部屋を出る。長い廊下を進むと、進行方向から諜報部隊《ちょうほうぶたい》に所属しているシマアジが走ってきた。ジーンズ姿の彼はどこからどう見ても素朴な青年だ。

「おはようございますっ」

シマアジは爽《さわ》やかに挨拶をしつつ、氷川の隣を通り過ぎていった。氷川と清和が挨拶を返す間もない。

「何かあったんだろうね」

氷川がポツリと漏らすと、肩に回った清和の手の力が強くなる。必ず守り抜く、という男の想《おも》いがひしひしと伝わってきた。

「行くぞ」

「うん、何があっても僕は驚かないよ。清和くんのそばを離れないから」

氷川は自分に言い聞かせるように言うと、清和は強い目でコクリと頷《うなず》く。背中に昇《のぼ》り龍《りゅう》を刻んだ男もまたいろいろなケースを想定しているようだ。

各国の家具や調度品が乱雑に置かれた部屋では、祐《たすく》とリキがコスタリカ産のサンブレストマウンテンを飲んでいた。サメは見当たらないが、テーブルには報告書らしき文書が山積みされている。大きなモニター画面には鎌倉の地図が映しだされていた。

「おはようございます。おふたりで愛を確かめ合いましたか？」

祐はにっこりと微笑《ほほえ》んだが、清和は冷たい声で遮るように言った。

「何があった？」

性急な清和は祐が淹《い》れたコーヒーには目もくれない。

「つい先ほど、小田原にいる卓《すぐる》から連絡が入りました。千晶屋《ちあきや》に佐和《さわ》姐さんと藤堂《とうどう》が現れたそうです」

祐はなんでもないことのようにサラリと言ったが、氷川は咄嗟《とっさ》に理解できず、清和は雄々しい眉《まゆ》を顰《ひそ》めた。

あった。

小田原の千晶屋とは清和が資本金を出して開業させた土産物屋《みやげものや》であり、度を越した世間知らずの父と子が切り盛りしている。今現在、清和の舎弟である卓や信司《しんじ》の潜伏先でもあった。

どうして眞鍋《まなべ》組初代姐の佐和と清和の宿敵である藤堂が連れ立って、小田原にある千晶屋を訪れるのか、まったくもって見当がつかない。昨夜《ゆうべ》のうちに清和や氷川が小田原の千晶屋を離れたことは、加藤や京子《きょうこ》も知っているはずだ。

「俺も嘘《うそ》だろと思いましたが、卓がそんな嘘をつくわけないでしょう。証拠として写メールも送られてきました」

祐が差しだした携帯電話には、藤堂に抱きつく千晶《ちあき》や佐和に頭を撫《な》でられている千晶の画像がある。無邪気で人懐《ひとなつ》っこい千晶ならば、初対面であっても懐いてしまうかもしれない。何せ、かつては氷川も初対面で千晶に懐かれ、家賃滞納中の部屋に泊まることになった。氷川にしてみれば、あまりにも千晶が危なっかしくて、ほっておけなかったのだが。

「藤堂は加藤と手を組んだのか？」

最悪の事態を想定したのか、清和の全身から烈火の如《ごと》き憤激が迸《ほとばし》る。氷川は話についていけず、画像の中で藤堂や佐和に甘える千晶を眺めた。画像の中の千晶はとびきりの美少女で藤堂はスマートな紳士だ。

「悪い冗談はよせ」

「藤堂と佐和姐さんは卓に頭を下げたそうです。我らが清和坊ちゃまと麗《うるわ》しの白百合《しらゆり》に会いたい、会って話し合いたい、敵ではない、と」

さすがに清和と氷川が海に出たとは摑《つか》めなかったらしく、藤堂と佐和は小田原の千晶屋を訪ねたようだ。

「それで鎌倉か？」

「鎌倉は佐和さんの思い出の場所だとか？　清和坊ちゃまも京子も関係しているようですよ？　胸に覚えがありますか？」

祐がコーヒーカップを手にしたまま微笑むと、清和は記憶を辿《たど》るようにどこか遠い目をした。

「……心当たりはあるが」

「向こうが指定した場所は危険です。つい先ほど、場所の変更を要求しました」

祐とリキは一度は佐和の申し出を受けたものの、会う場所を土壇場になって変えた。どんな罠《わな》が仕掛けられているかわからないからだ。

「どこに変えた？」

「横浜《よこはま》、海上で会います」

今現在、清和と氷川を乗せた船は横浜に向かっているという。気のせいかもしれないが、昨夜よりも船の揺れが大きい。

「……どうして藤堂と佐和姐さんが」

藤堂はまた性懲りもなく小汚い策を弄《ろう》しているのか、眞鍋組初代姐を悪用して何をするのか、清和の鋭い目がますます鋭くなり、周囲の空気は不穏にざわめいた。

リキはコーヒーを飲みながら、鎌倉から横浜に切り替えたモニター画面を食い入るように眺めている。この場で見解を述べようとはしない。

「清和を組長に戻す、と佐和姐さんが卓に言ったそうです」

夫である眞鍋組初代組長が愛人に産ませた子供が清和であり、佐和とは生《な》さぬ仲ではあるが、ふたりの間には揺るぎない絆《きずな》が生まれていた。

ここにも清和くんの母親がいる、と氷川は佐和に対して深く感謝した覚えがある。一度は京子の嘆願に負けて言いなりになったものの、佐和は現状を見据えて考え直したのだろうか。

「佐和姐さんは加藤を見限ったのか?」

佐和に大切にされていた自負があるのか、清和は探るような目で祐に尋ねた。

「眞鍋組の現状を見て、佐和姐さんが思い直した可能性はあります……が、そばについている男が悪すぎる。藤堂ですからね。おまけに、今回、ロシアの男を何人も連れているそうです」

祐はテーブルに積まれている資料を摘《つ》まんでひらひらさせた。どうやら、藤堂の追跡調査の報告書らしい。サメがロシアに渡ったのは藤堂の調査のためだったようだ。

「ロシアン・マフィアのペトロパヴロフスクか？　イジオットか？」

　ロシアと聞いた瞬間、清和の周りに青白い炎が燃え上がった。昔、ロシアン・マフィアが東京に進出し、関東の暴力団は結束して阻《はば》んだ過去があるという。時代が流れても、ロシアン・マフィアに対する警戒心は大きい。ロシアン・マフィアのペトロパヴロフスクにしろ、イジオットにしろ、昔気質《むかしかたぎ》の極道の魂を受け継ぐ清和にとっては敵だ。

「卓には判断がつかないそうですが、モデルのようなロシア人男性らしい。十中八九、ロシアン・マフィアのイジオットでしょう」

　そうでなければ藤堂に同行していない、と祐は甘い顔立ちを歪《ゆが》めて続けた。

　藤堂とロシアン・マフィアのイジオットの幹部が接触している事実は、ロシアでサメが確認しているという。

「藤堂と佐和姐さんがなぜ一緒に？」

　藤堂と京子ならまだしも佐和との組み合わせが腑《ふ》に落ちない。清和は腹立たしそうに祐に問う。

「佐和姐さんひとりでは小田原の千晶屋にも辿りつけなかった。すべての手配をしたのは藤堂だろう……ま、最初にコンタクトを取ったのも藤堂からでしょう」

　祐は冷静に答えたが、清和は荒い口調で質問を重ねた。

「藤堂は佐和姐さんを騙《だま》して、眞鍋組を乗っ取るつもりか？」

どんなに楽観的な予測を立てても、藤堂が眞鍋組壊滅や搾取を狙《ねら》っているという結末にいきつく。清和のみならず祐やリキも同じ見解を持っているらしい。

「清和坊ちゃま、気持ちはわかりますが落ち着いてください。たとえ、巧妙な罠が仕組まれていても乗るしかありません。恥ずかしながら、まだ人質がどこに監禁されているかわからないので」

祐がお手上げとばかりに天を仰いだが、清和は険しい顔つきで咎《とが》めるように言った。

「まだ摑めないのか？」

以前の情報収集能力がないとわかっていても、つい口から出てしまうらしい。清和の若さと苛烈《かれつ》さゆえだ。

普段、必死になってそういうのを抑え込んでいるんだね、と氷川は変なところで感心して、慰めるように清和の広い背中を摩《さす》った。

「これこれ、一日もたっていませんよ？　秋信《あきのぶ》ドラ息子所有の家屋や別荘、マンションを当たりました。それらしい気配があった別荘が那須《なす》にありましたが、すでにもぬけの殻でした。」

今回、清和に忠誠を誓ったショウが、京子と加藤に膝《ひざ》を屈した理由が不明だった。昨夜、ショウは加藤派のヒットマンとして、ナイフを手に清和やリキの前に登場した。箱根の山中でリキと命のやりとりをしつつ、ショウは加藤派に囚われた人質の存在を密かに告げたのだ。

秋信、ハウス、というショウの決死のメッセージにより、諜報部隊は名取《なとり》グループの秋信社長名義の別荘やマンションを猛スピードで調べたという。見知らぬ車の出入りがあった別荘は限られ、那須の別荘に目星をつけて侵入したが、無人だったそうだ。当然、秋信社長の動向は今もマークしている。

「ショウか京介《きょうすけ》から連絡は？」

昨夜、ショウは自ら険しい崖《がけ》の上から転落して、死んだように見せかけた。その場にいた加藤派の構成員は上手《うま》く騙せたらしく、ショウを追って崖を下りた形跡はなかった。ショウは加藤の手から逃れたが、未《いま》だになんの連絡も入らない。箱根でショウを回収した京介からそろそろ一言あっていいはずだ。

「まだありません。どうも、ショウが派手な手傷を負って動けないらしい」

「ショウが通っていたギョーザ屋は？」

ニンニク、ギョーザ、のショウのメッセージにも何か意味があるはずだ。眞鍋組のシマに新しく開店したギョーザ屋には京子の息がかかっていた。

「例のギョーザ屋は閉店していましたが、元店主を追っている最中です。こちらは時間をください」

いい報告がひとつも聞けず、清和は拳《こぶし》を震わせて言った。

「手詰まりとは言わせない」

「手詰まりではありませんが、杏奈《あんな》さんや裕也《ゆうや》くんのことを考えたら時間が惜しい。藤堂の罠に飛び込んでください」

祐が恐ろしいぐらい真摯《しんし》に言うと、清和は伏し目がちに答えた。

「俺ひとりで会う」

清和は自分ひとりならばどんな危険な罠にも飛び込む覚悟ができているが、最愛の氷川を連れてはいけないらしい。

「僕も指名されたんでしょう？　僕も一緒に行くよ。佐和姐さんにも藤堂さんにも文句を言いたいから」

氷川が清和の逞《たくま》しい背中を叩《たた》くと、祐やリキは揃《そろ》って頭を下げた。

「場所は指定された鎌倉から横浜の海上に変更しています。会う船はうちが用意しました。藤堂もそうそう下手《へた》な真似はできません」

祐は切々とした哀愁を漂わせ、氷川の安全を清和に告げた。

「サメが船を用意したのか？」

「はい。軍艦ではありません。残念ながら大砲も積んでいませんから」

宿敵の登場に全身の血が滾《たぎ》っているのか、清和は藤堂が相手ならば軍艦に乗り込みたい心境らしい。そんな清和を察し、サメが先手を打って茶化した。

「どんな船だ？」

「横浜湾周遊に相応《ふさわ》しい船です。眞鍋組でランチクルーズやディナークルーズを企画するのもいいですね」

すでに目的地は目と鼻の先だ。こんなところで躊躇《ちゅうちょ》している場合ではない。


サメ率いる諜報部隊の企業秘密が詰まった船に、佐和や藤堂を招いたりはしない。諜報部隊のイワシがハンドルを握る車で、氷川と清和は夜を明かした船から降りた。

港町から街中に向かって、イワシは注意深く車を走らせる。尾行されていないか、炙《あぶ》り出《だ》すようにルートを設定しているようだ。

街中からまた港に向かい、十分走ったか走らないかというところで、イワシが車を停《と》める。

氷川と清和は肩を並べて栈橋を歩き、そのまま白くて洒落《しゃれ》た船に乗り込む。見晴らしのいいスカイデッキが三階にある構造だが、夜を明かした船より小さなことは間違いない。

船内に入ってすぐ突き当たりに白百合のアレンジメントが飾られ、ゴージャスなムードを演出していた。天井も壁も真っ白で、床には深い青の絨毯《じゅうたん》が敷かれている。右にも左にも船室があるが、先頭のリキは右手に進んだ。

白い天井からシャンデリアが吊《つ》るされ、左右に横浜の海が楽しめる大きな窓があり、ワインセラーには何種類ものワインが並び、カウンターには焼きたてのパンを盛ったバスケットがあり、奥のほうにはグランドピアノとドラムセットがある。どこかのパーティ会場のようなスペースには、すでに和服姿の佐和とスーツ姿の藤堂がいた。

「よく会ってくださいました」

佐和は椅子《いす》から立ち上がると、清和と氷川に深々と頭を下げた。清和と氷川も佐和に礼儀を尽くす。

ブラックタイを締めた諜報部隊の男が料理を運んできたが、誰ひとりとしてナイフとフォークに手を伸ばさない。ただ、ドン・ペリニヨンのゴールドで乾杯だけはした。船はゆっくり動きだし、エンジン音がＢＧＭになる。

重々しい沈黙を破ったのは一番若い清和だ。

「佐和姐さん、連れについて説明してほしい」

清和は真正面に座った佐和を見つめ、横目で藤堂を冷徹な目で睨《にら》み据《す》えた。清和は今にも藤堂に殴りかかりそうな雰囲気がある。これまでさんざん歯痒《はがゆ》い思いをさせられたからか、誰よりも藤堂の手強さを知っているからか、清和から普段の冷静さが欠けていた。

氷川はハラハラしつつ、清和の膝を優しく撫でる。

「昨夜、藤堂さんから連絡をもらった。利害が一致したんじゃ」

佐和は清和の質問に対し、初代姐の貫禄《かんろく》で答えた。

「利害の一致？　佐和姐さんは俺を消したいのか？」

清和の醸しだす殺気が強くなり、氷川は懸命に彼の膝を撫でくり回した。リキと祐は悠然とした様子で藤堂を見つめている。

「清和は私が産んだ息子ではないが、私が産んだつもりになっておる。出産の苦労もせずに息子を持てて私は果報者じゃ」

佐和の言葉に嘘は感じられず、母としての清和への愛情が滲《にじ》みでている。

「俺も佐和姐さんをオフクロと思っていました……どういうことですか？」

説明してください、と清和が面と向かって口にしなくても、聡《さと》い佐和には通じた。

「調べはついているのではないか？　京子がいる時にオヤジの心臓がとうとう止まってしまったんじゃ」

何年にも亘《わた》る初代組長の看病疲れで、佐和は肉体的に疲弊していた。その間も幾度となく京子は眞鍋本家を訪れ、佐和の代わりに初代組長の世話をしたそうだ。いつか意識を取り戻すと信じ、関節が硬くならないように丁寧に動かしていたという。

「京子がオヤジの心臓を止めたのか？」

清和が目を吊り上げると、佐和は深い皺《しわ》が刻まれた手を振った。

「それはない。断言できる。頼むから信じておくれ。京子はきついようで性根は優しい娘じゃ……今は少しおかしいけどな」

佐和にとって従妹《いとこ》の娘である京子は娘にも等しい存在だ。清和と京子との結婚を心から望んでいたという。しかし、佐和は清和の気持ちを尊重して氷川を温かく迎えた。

「おかしい？」

「今の京子は私の知っている京子ではない。まるで別人じゃ」

清和に捨てられた時とはまた違う、と佐和はどこか遠い目で袋小路《ふくろこうじ》に入り込んでしまった京子を語る。

「京子は前々からオヤジや佐和姐さんを利用する算段を練っていたはずだ。オヤジの死がきっかけだったのか？」

清和の京子に対する言葉も口調も辛辣《しんらつ》で、聞いているほうがひやひやしてしまう。氷川はテーブルの下で清和の膝を撫で続けた。

「オヤジの死がきっかけだった。いきなり、京子がとんでもないことを言いだした」

あの日、いつの間にか呼び寄せていた加藤と安部《あべ》を背後に控えさせ、京子は涙ながらにせがんだという。初代組長の死亡を伏せてほしい、初代組長の意識が戻ったことにしてほしい、二代目組長の清和を廃嫡《はいちゃく》して、加藤に三代目組長を就任させてほしい、と。

佐和は京子に負い目があるだけに、無下に拒むことができなかったそうだ。答えに窮していると、京子は橘高《きったか》や安部の賛同も取りつけたと言った。もっとも、橘高の姿はどこにもなかったし、安部の沈痛な面持ちから察するに本当には望んでいないことがわかった。だが、安部にまで頭を下げられたら、京子の頼みを聞き入れるしかなかったという。佐和にしても苦渋の選択であり、今となっては後悔を募らせているらしい。

「人質がどこにいるのか知っていますか？」

清和が最も重要な事項を尋ねると、佐和はがっくりと肩を落とした。

「私は人質が取られていることさえ知らなかった。なんの罪もない母と子を監禁するなど、言語道断の所業じゃ。橘高や典子《のりこ》まで監禁されているとは……安部が手も足も出せないはずじゃ」

女は口を出すな、の極道の教えが染《し》みついているのか、佐和は男勝りに見えるが、実際はいろいろな意味で控えめなのかもしれない。

「その裏事情は誰から聞きましたか？」

「昨夜、藤堂さんから初めて聞いた。自分の耳を疑ったほどじゃ。何かあるとは思っていたが、まさか……」

佐和は自分の甘さをひたすら悔やんでいるようだが、それに関しては清和は何もコメントしない。

「それで？　京子を問《と》い質《ただ》したのですか？」

「すぐに問い詰めたが京子は惚《とぼ》けただけじゃ。ああなったら埒《らち》が明かん。京子は鬼と化しておる」

佐和が指摘したように、鬼でも取《と》り憑《つ》いていなければ、なんの落ち度もない母と子を監禁したりはしないだろう。

「たとえ、京子が鬼になっていても、杏奈さんと裕也は助けだします。オヤジとオフクロも助けだす」

清和が冷たい闘志を燃やすと、佐和もコクリと頷いた。

「私も助けたいのは山々だが時間がない。清和、一時でいいから氷川先生と別れておくれ」

一瞬、佐和が言ったことを氷川は理解できなかった。清和も同じようにわからなかったらしく、驚愕《きょうがく》で上体を大きく揺らした。

「……は？」

一同、しんと静まり返る。祐やリキも意表を衝かれたのか、ふたりとも驚きで目を見開いている。

氷川の頭の中は真っ白で視界にも霞《かすみ》がかかり、佐和の姿も藤堂の姿も消えた。無意識のうちに、思考回路を停止させたのかもしれない。

「一時だけでいいんじゃ。一時だけ氷川先生と別れて、京子を隣に座らせてやっておくれ。そうすれば京子の鬼は消える。私が人質の居場所を聞きだすから安心せい」

京子が清和を深く愛していたから、捨てられたという事実が受け入れられないのかもしれない。子供の頃からほめそやされて成長した美女は、自分のメンツを潰《つぶ》した男が許せないのだ。ならば、そのメンツを守ってやればいい。すなわち、清和が氷川を捨て、京子を二代目姐として迎えればいいのだ。

佐和が出した案を理解した瞬間、清和は冷酷な目と声音で拒絶した。

「断る」

「京子はきつい娘だが清和には尽くしておった。私にも典子にも尽くしてくれたぞ？　オヤジの看病疲れでストレスが溜《た》まった私を鎌倉に連れていってくれたこともある。清和と京子と一緒に回った鎌倉の思い出は墓場まで持っていきたいほど楽しかったぞ」

京子は清和のために自身のファッションを変え、料理も覚え、あれこれと尽くしたらしい。佐和のために鎌倉行きを計画して手配したのも京子であり、清和はただ漠然と付き添っただけだ。

「……佐和姐さん」

佐和に鎌倉の思い出を氷川の前で滔々《とうとう》と語られ、清和は冷や汗を掻《か》いているようだ。氷川はすべてが真っ白になり、嫉妬心《しっとしん》を爆発させることができない。

「京子は私にとってはよくできた娘、可愛《かわい》い娘だったんじゃ。オヤジも橘高も典子も京子を気に入っておった」

佐和は清和の情に訴えかけるように切々と言った。

「知っています」

「元の京子に戻ればすぐに何もかも終わる。あの子の女のメンツを潰したのは清和じゃ。あの子に女のメンツを返してやっておくれ」

ようやく氷川は正気に戻り、佐和の言葉を噛《か》み締《し》めた。これまで清和の姐として遇されてきたが、かなりいたらなかったのだと実感する。氷川は病人を抱えた家族の苦労をよく知っていたはずなのに、初代組長の看病をしている佐和を手伝おうとはしなかった。前代未聞の男の姐だから、あまり表に堂々と出ないほうがいい、と典子に助言されたせいもあったが。

「氷川諒一《りょういち》と別れるつもりはありませんし、京子と夫婦になるつもりもありません」

清和は断固として突っぱねようとしたが、佐和は引き下がらなかった。

「わかっておる。清和が氷川先生に惚《ほ》れ込《こ》んで姐に迎えたことは承知しておる。じゃが、ほんの一時、かりそめじゃ」

佐和は京子相手に一世一代の大芝居を打つつもりだ。狡猾《こうかつ》な京子を騙せるか不明だが、ほかに案がないらしい。

「京子は加藤と結婚したはずです」

「あまりの加藤の愚かさに京子も今では戸惑っているようじゃ。加藤が三代目組長になった眞鍋のシマは減るばかり、このままでは眞鍋総本部もいずれ取られるだろう。眞鍋の兵隊もみんな殺されてしまう」

佐和は初代姐として眞鍋のシマより、命を削っている構成員を案じている。本来、彼女は構成員を大切にする情け深い姐だ。

「……ならば、そのうち京子が加藤を始末するでしょう。俺がわざわざ京子と手を組む必要はない」

清和が京子と加藤を評すると、佐和は前菜料理が載ったままのテーブルを手で叩いた。

「人質を考えたら時間がないのじゃ。わかっておるだろう？　今日にも明日にも関西の長《なが》江《え》組が本腰を据えて眞鍋と桐嶋《きりしま》のシマに乗り込む」

「ロシアン・マフィアより関西の長江組のほうがマシかもしれません」

清和は恐ろしいぐらい冷たく言うと、一呼吸おいてから藤堂に視線を流した。

「藤堂、ロシアン・マフィアに日本を売るつもりか？」

清和がロシアン・マフィアの名を出した途端、リキは無言で立ち上がり、カウンターの奥に入っていった。

金髪の若い美男子をふたり、リキはカウンターの奥から連れだす。二人組はそれぞれウオッカの瓶を握って、冬だというのに半袖《はんそで》のシャツを着ている。闇社会《やみしゃかい》の人間には見えないが、状況からして間違いなくロシアン・マフィアだ。

藤堂は同行しているロシアン・マフィアには一言も触れず、紳士然とした態度で語り始めた。

「今までの経緯を考えればそう思われても当然だ。過去に関して謝罪も弁解もしないが、今回、俺は単なる私情で動いている。深読みしないでほしい」

藤堂の表情もイントネーションもちょっとした仕草も、清和と闘っていた頃となんら変わらない。潜伏期間の苦悩は微塵《みじん》も感じられなかった。

「単なる私情？　お前がそんな男か？」

信じられるわけないだろう、と清和は憤懣《ふんまん》やる方ないといった風情《ふぜい》で藤堂に低く凄《すご》んだ。

「桐嶋元紀《もとき》が加藤を怒らせた。おまけに、関西の長江組にシマを狙われている。俺は桐嶋を殺させたくない」

藤堂は窓の外に広がる景色に視線を流しつつ、今回の行動の目的を明かした。昔馴染《むかしなじ》みの桐嶋は藤堂の良心にとって最後の砦《とりで》だ。

「それだけで佐和姐さんに連絡を入れたのか？」

「ああ、佐和姐さんと俺の利害は一致している。眞鍋が崩れたら桐嶋も崩れるし、氷川先生が狙われたら桐嶋は黙ってはいない」

藤堂は信じられないが、桐嶋は信頼に値する男だし、その行動も予想できる。桐嶋は組長にあるまじき鉄砲玉だ。

「桐嶋が唯一の弱点か」

清和が不敵に口元を緩めると、藤堂は涼しそうに微笑んだ。

俺にはそいつしかおらんのです、とかつて藤堂は壮絶な土壇場で深淵《しんえん》に沈めていた本心を明かした。大切なものを作ろうとしなかった藤堂のただひとつの弱点だ。

「名取グループの秋信社長が粉飾決算をしていますね？」

藤堂はいきなり話題を変え、京子と共闘している秋信社長を示唆した。

秋信が代表取締役社長を務める名取不動産の粉飾決算は、隠蔽《いんぺい》できないぐらい膨れ上がっている。遠からず、桁外《けたはず》れの粉飾決算が発覚すると清和は踏んでいた。

「ああ」

清和が怪訝《けげん》な顔で肯定すると、藤堂は感情を込めずにサラリと言った。

「明日の月曜日、京子は秋信社長に眞鍋の金を差しだす予定です。橘高清和名義の預金通帳もいくつか進呈するようです。止めたほうが賢明だと思う」

今回、秋信社長は眞鍋組の金目的で京子の申し出に乗っている。清和が反撃を開始する前、京子も早めに秋信社長に清和名義の資産を譲渡したいのだろう。京子にとって頼みの綱である秋信社長との約束は何があろうとも守らねばならない。

「ニュースソースは？」

「加藤の若頭の香坂《こうさか》がスラブ美人に漏らしました」

藤堂がロシアン・マフィアの裏工作について言及すると、ふたりのロシア人男性は同時にウオッカの瓶を高く掲げた。組織の女性を香坂に近づけ、それとなく聞きだしたに違いない。

「信憑性《しんぴょうせい》はない」

清和は藤堂の言葉をすべて否定したが、リキや祐は無言で肯定していた。今までの流れを考慮すれば、藤堂が真実を口にしている可能性は高い。

「切れ者だと思っていた眞鍋の昇り龍はガキだったのか？　大人ならどうするべきかわかるだろう」

「キサマはどんな罠を仕掛けた？　京子を陰から操った張本人はキサマか？」

「俺ならもっと上手くやる。こうしているうちにも眞鍋のシマは切り取られているぞ」

それまで大仏のように鎮座していた祐が、初めて控えめに口を挟んだ。

「藤堂さん、こうしているうちに桐嶋組のシマも切り取られています。鉄砲玉……いえいえ、桐嶋組長の性格を考えればそろそろ手か足を失っているかもしれません。大事な桐嶋組長が心配ですね？」

祐の痛烈な嫌み混じりの言葉を、藤堂は静かに受け入れた。

「……ああ、あいつのことだ、何をするかわからない」

「何をするのかわからない男の数ならば眞鍋は負けません。いつでも橘高清和と姐さんのために命を捨てる男が何人もいます」

自分の退路を考えなければ、ターゲットがどんなに強固な防御の盾に守られていても、高い確率で仕留められるだろう。清和の一声でヒットマンとして命を捨てる男がいる。ゆえに、清和は強い。

「今回、昇り龍に命をかけた男は腑抜けになっているのか？　まだ加藤は生きているぞ」

藤堂は思い切った手段を取らない清和を冷ややかな目で咎めた。

神輿《みこし》である加藤を仕留めたならば、事態は収束に向けて動きだすはずだ。いくら京子が黒幕でも、女である身で組長に立ち、清和と闘いながら眞鍋組のシマを守ることはできない。観念して人質を返し、保身のために動きだすだろう。

「加藤を消しても若頭の香坂がいます。香坂が四代目組長に襲名したほうが面倒だ」

「俺の知る昇り龍ならば加藤と香坂をまとめて消していたはずだ。甘くなったな」

藤堂は意味深に口元を歪めると、祐から視線を逸《そ》らし、清和と氷川を交互に眺めた。まるで、清和が甘くなったのは氷川のせいだと言わんばかりだ。

「藤堂さんほど甘くありませんから安心してください」

祐が艶然《えんぜん》と微笑んで立ち上がると、それが合図だったかのように佐和も腰を上げた。そして、清和の隣で硬直している氷川の腕を摑む。

「氷川先生、あちらで茶でも飲もう」

氷川は佐和に逆らわず、促されるまま清和から離れた。

「待て、どこに連れていく」

清和は立ち上がって氷川を追いかけようとしたが、苦行僧のような面持ちのリキが腕力で止める。祐は宥《なだ》めるように清和の逞しい胸を叩いた。

氷川は清和の声を背中に聞きつつ、佐和に続いて廊下を進んだ。化粧室を通り過ぎ、白と金の扉を潜《くぐ》る。先ほどのスペースとは趣《おもむき》が違い、背の低いテーブルとソファが置かれ、あちこちに純白の百合が飾られている。銀のワゴンには人数分の紅茶と洋菓子の用意がされていた。

佐和はソファに腰を下ろさず、青い絨毯が敷かれた床に膝をつき、手と頭を擦《こす》りつける。見ようによっては土下座だ。

「……佐和姐さん？」

氷川も慌てて床に膝をつき、佐和の顔を上げさせようとした。けれども、佐和は決して顔を上げようとしない。

「私を殴るなり、蹴《け》るなり、好きなようにしてください」

いったい何を言いだしたのか、空耳なのか、予想だにしていなかった佐和の言葉に、氷川は我が耳を疑った。

「……な、何を言っているんですか」

氷川が目を白黒させせると、佐和は床に頭を擦りつけたまま言った。

「私を思う存分痛めつけて、少しでも気を晴らしてもらいたいのです」

人間サンドバッグ、という言葉が氷川の脳裏を過《よぎ》る。組長代行に立った時、借金が返せずに自分の身体をサンドバッグにして金を稼いでいる男をひょんなことで知った。必要としている者がいるから、人間サンドバッグという商売が成り立つのだろう。人を無意味に痛めつけて、それで気が晴れるのか、暴力で気を紛らわせる輩《やから》の神経が理解できないが、社会の歪みを痛切に感じ、氷川は胸を悪くしたものだ。

「僕は暴力は嫌いです。僕を見損なわないでください。そんなことをして僕の気が晴れると本気で思ったのですか？」

氷川が白皙《はくせき》の美貌《びぼう》を曇らせると、佐和はくぐもった声で答えた。

「……そうですな、氷川先生はヤクザではなくてお医者さんでしたな。極道の妻として長く生きたせいか、どっぷりと浸かってしまいましたな」

佐和は自嘲《じちょう》気味《ぎみ》に漏らしたが、初代組長への愛や構成員に対する母性が根底には流れている。いざとなれば、自分を盾にしてでも初代組長や構成員を守る姐の鑑《かがみ》だ。

「僕はヤクザの男を愛しましたが、医者という仕事は捨てられません。佐和姐さんのご苦労を知っていながら、何もできずに申し訳ない」

鎌倉でも箱根でも小田原でも眞鍋組のシマでも、清和とともに佐和を単に食事でもいいから誘ってやればよかったと悔やんでならない。

「何を仰《おっしゃ》るのや。とことんお優しい先生ですな。今から私はお優しい先生に惨《むご》い頼み事をします」

「佐和姐さん？　顔を上げてください」

氷川は佐和の姿が痛々しくて見ていられない。

「氷川先生、こらえてください。ほんの一時だけでいいんです。三ヵ月……もいらんと思う。一月ぐらい我慢してくだされば、京子から鬼が消えます。一月だけ清和を京子に貸してください」

佐和は顔を伏せたまま、懸命に氷川に縋《すが》った。彼女は優しい氷川を説得して、清和を落とすつもりだ。

「……あ」

氷川は返事にならない声を上げ、魂のない人形のように固まった。全身に冷水を浴びせられたような気分でもあるし、頭部をハンマーで殴られたような気分でもある。

「私を清和の幸せを願う母だと信じてください。清和が氷川先生と幸せそうに暮らしてい

るのはよう知っています。私は清和の母として氷川先生に深く感謝します」

あんなに幸せそうな清和を見たことがない、姐を迎えてから清和は変わった、幸せなら男が姐でもいいだろう、と氷川を認める声は、佐和も頻繁に聞いていた。氷川に感謝こそすれ、非難する気は毛頭ないという。

「……は」

「ですが、私は清和の母であると同時に京子の母であり、眞鍋の構成員全員の母です。どの子もどの子も、同じように可愛い」

組長夫妻にとって構成員は子供であり、慈しむ対象である。今さら説かれるまでもない極道界の基本だ。

「……はい」

「清和が京子の元に戻れば、私がすぐに人質を解放させる。人質は私が責任を持って助ける。氷川先生、老い先短い老婆《ろうば》の最後の頼み、どうか聞いておくれ」

佐和の切羽詰まった頼みを拒絶するわけにはいかない。どこかに囚われている杏奈や裕也のためにも、世話になった橘高や典子のためにも、真《ま》っ直《す》ぐに尽くしてくれた構成員のためにも、これ以上無用な血を流さないためにも、佐和の案を承諾したほうがいい。頭ではよくわかっていたが、氷川は頷くことができなかった。

「……佐和姐さん……僕……僕は……僕……」

氷川は佐和の老いた姿から目を逸らし、純白の百合のアレンジメントを眺める。白百合が灰色の百合に見えた。

「京子があれほど思い詰めているると気づいてやれなかった……私が愚かだった……私は同じ間違いを犯してしまった……京子の母親がうちの男に手籠《てご》めにされた時も気づいてやれなんだ……あんなに仲のいい夫婦だったのに……」

佐和の慟哭《どうこく》は京子のみならずその母親にまで向けられている。そもそも、佐和が家族の反対を押し切って眞鍋組初代組長に嫁がなければ、京子の母親は温かな家庭を築いていただろう。

在りし日、京子の母親が街中で従姉《いとこ》の佐和に親しく語りかけたことが運のつきだ。京子の母親にとって佐和は従姉でも、世間的には眞鍋組の初代組長姐である。初代組長姐に声をかけた京子の母親に、眞鍋組の男が一目惚れし、腕ずくでものにした。ヤクザに嫁いだ佐和の従妹《いとこ》ならば手を出してもいいだろう、と眞鍋の男は堂々と胸を張ったらしい。

佐和の結婚は幼い京子の人生にも暗い影を落とした。母親が眞鍋の男に奪われていなければ、京子は幸せな家庭で何不自由なく育ったはずだ。

「……僕、僕も自分の幸せに酔っていたのかもしれません」

清和と再会してから眞鍋第三ビルで暮らした日々が、走馬灯のように氷川の脳裏を駆け巡る。一般社会で生きてきた氷川にとって想像を絶することばかりだったが、愛しい男の前ではすべて霞《かす》んでしまう。清和に料理を作るのも、清和の帰りを待つのも、清和にキスをするのも、氷川は楽しくて仕方がなかった。

「申し訳ない、加藤も私にとっては可愛い息子のようなもんじゃ。あれの父親は馬鹿《ばか》だけどいい極道だったし、あれの母はできた女だった……性格的には典子によう似ておった」

佐和は愚かな加藤にも、母としての気持ちを抱いているらしい。加藤の父母への思いや感謝もあるのだろう。

「……佐和姐さんと僕の立場が違うのはわかっていますから」

清和くんがいなければ生きていけない、別れる気なんかない、誰にも譲る気はないけど今は耐えなければならない、と氷川は自分で自分に言い聞かせた。みんなのためなのだ。もう、自分で自分を抑え込むしかないのだ。

「本当に申し訳ない、清和は自分からは決して氷川先生に別れを切りだせない。一月……そんなにかからないかもしれない。上手くいけば一週間で片づくかもしれない。まずは一週間、清和から身を引いておくれ」

「……一週間?」

一週間でこの事態が収まるとは思えないが、あえて佐和が示した期限を受け流した。清和との日々ならば一週間など、あっという間に経ってしまう。

「はい、まずは一週間……まずは一週間、清和を京子に貸しておくれ……いや、母である私に貸しておくれ。この詫《わ》びはいかようにも私が……私が責めを負うから……」

　佐和の悲壮感を滲《にじ》ませた願いを、氷川は撥《は》ね除《の》けることができない。一週間、清和を母のところに戻す、と必死になってそう思い込もうとした。しかし、唇が上手く動かない。声の代わりに涙が溢《あふ》れた。

「……すみません」

　氷川が涙声で詫びた時、祐が躊躇《ためら》いがちに顔を出した。

「姐さん、失礼してよろしいですか？」

　氷川が顔を手で覆ったまま頷くと、祐は一礼してから静かに近づく。床に頭を擦りつけている佐和を一瞥《いちべつ》した後、辛《つら》そうに氷川に視線を留めた。

「姐さん、お辛い思いをさせて申し訳ありません。二代目が決断されました。しばらくの間、姐さんは身を引いてください」

　祐の甘い声を聞いた瞬間、氷川は身体を切り裂かれたような感覚に陥った。

　痛い、痛いなんてものではない、どこが痛いのかわからない、痛すぎてわからないのかもしれない、息ができない、息ができないと思ったが息はしている、ここで狼狽《ろうばい》してはいけない、泣き叫んでも清和を困らせるだけだ、清和が決断したのならば従うしかない、と氷川は涙に濡《ぬ》れた頬《ほお》を白い指で拭《ぬぐ》った。

「清和くん……二代目組長が決断したのならば異論はありません。僕は二代目組長の意思に従います」

氷川は込み上げてくる嗚咽《おえつ》を堪《こら》え、清和から身を引く宣言をした。極道の男を愛したのだから、時には信じて待つしかないこともあるのだろう。

氷川の承諾を得られて、祐は安堵《あんど》の息を吐いた。

「……姐さん、ほんの暫《しばら》くのご辛抱ですから寂しくても我慢してください。いたりませんが、俺が姐さんのお世話をさせていただきます。なんでも申しつけてください」

申し訳ありません、これ以外に打つ手がないのです、タイムリミットが迫っています、と祐は独り言のように掠《かす》れた声で続けた。

「……たまには清和くんに親孝行させましょう。僕の大事な清和くんをお母様のところに預けます」

氷川が佐和に声をかけると、ようやく初代姐は顔を上げた。

「感謝する。心から感謝する。そなたの気持ちは断じて無駄にはしない」

「一刻も早く人質を助けだしましょう。京子さんから聞きだしてください」

「任せておくれ」

佐和は真摯な目で答えると、すぐに床に伏せた。

「……祐くん、僕はこのまま行きます。冬の海は冷たいから飛び込みたくない。船を止めてから降ろしてくれる？」

氷川は清和と顔を合わせれば、決心が鈍ってしまうだろう。もしかしたら、清和に泣いて縋ってしまうかもしれない。

「俺が送らせていただきます」

「僕ひとりで帰れる」

船がどこに進んでいるのかわからないが、窓の外には横浜のシンボルのような建物が見える。どうも、横浜港周遊クルーズのようにグルリと横浜港内を回っているようだ。陸地に降ろしてもらえれば、どこにでもひとりで行けるだろう。病院で仕事をするのも、論文を書くのもいい。

「俺が送ります。ひとりにできるわけないでしょう」

祐に慈愛に満ちた目で促され、氷川は佐和がいる場所を後にした。廊下を足音を立てずに歩く。

今にも目の前に清和が飛びだしてきそうだ。いや、単なる氷川の願望だろう。清和は覚悟を決めたのだから、氷川も耐えなければならない。そもそも、永遠の別れではないのだから。

氷川と祐はなんの言葉も交わさず、清和がいる船から降りた。冬の厳しい風が氷川の頬を撫で、足元で枯れ葉を舞わせる。

すぐに清和を乗せた船は桟橋から離れてしまう。

氷川は清和が乗っている船を潤んだ目で見送り、横浜の海をじっと眺めた。都会の海というか、海の色をしていないというか、黒いというか、汚いというか、ゴミが浮かんだ海を眺めても癒《い》やされない。

「……汚い」

ペットボトルや空き缶、スナック菓子や使い捨てカメラのパッケージに混じり、頭部のない鶏《にわとり》の死骸《しがい》までぷかぷかと浮いている。

「姐さん、車はまだのようです。これからは何かあったらイワシを呼んでください」

祐は諜報部隊所属のイワシに命じ、氷川送迎用の車を手配したらしい。だが、どこにもそれらしい車はない。

「僕は駅から電車で帰る。祐くんは清和くんのそばにいて助けてあげてほしい。参謀が離れちゃいけない」

氷川は最寄りの駅に向かって歩きだしたが、祐が慌てて後からついてくる。

「参謀だからこそ、大将の一番大事な姐さんのそばにいます……ま、俺に用心棒は無理ですが」

「イワシくんが僕の用心棒になるの？」

氷川と同じように祐も純朴で生真面目《きまじめ》なイワシを気に入っている。ロシアにいたサメに代わり、ここしばらくは不眠不休で働いていたそうだ。

「はい、信頼できる男を姐さんにつけました」

「イワシくんも大切な戦力だから、僕に回さなくてもいい。第一、僕は清和くんに捨てられたことになるんでしょう？　ボディガードがついていたらおかしいよ」

辛い思いをするのだから、何があろうとも失敗してほしくない。清和に捨てられた芝居をして上手くいくのならば、氷川は俳優になったつもりで演じる。

日曜日とあって観光客が多く、腕を組むカップルも目についた。観光ガイドで頻繁に紹介されている洋菓子店の前で、恋人に腕を絡める女性が京子に見える。氷川は凄絶な孤独感と寂寥感《せきりょうかん》に包まれた。

「非常に言いにくいのですが、俺が姐さんを譲り受けたことになっています。姐さんは俺の嫁さん、ということで」

氷川は祐に払い下げた、と佐和は京子を言い含めるのだろう。親分が子分に使い古しの女を押しつけるケースは、古今東西どこにでも転がっている話だ。医師の間でも女性の人格を無視したやりとりが頻繁に行われている。

「僕が祐くんに？　無理がある」

氷川は大股《おおまた》で歩きつつ、人選にクレームをつけた。祐と氷川では、いろいろな意味で違和感が凄《すさ》まじい。カメラを手にした女性観光客のグループは祐の際《きわ》だつルックスに足を止め、カフェの前で騒いでいた女性たちも息を呑《の》んだ。この場に清和がいたら、さらに注目を集めただろう。

「リキさんに姐さんの恋人のふりをする演技力はありません。宇治《うじ》や信司にも無理です。俺以外に適任がいますか？」

祐が苦笑を漏らしたので、氷川はそれらしい男を挙げた。

「まだ桐嶋さんのほうがしっくりくるかも」

関西で竿師《さおし》として暴れ回った過去を持つ桐嶋ならば、氷川の男として上手く立ち回ってくれるだろう。狡猾な京子もコロリと騙せるに違いない。

「シャレにならないからやめてください」

祐が頬を引《ひ》き攣《つ》らせ、即座に桐嶋を却下した。

「桐嶋さんと僕が本気で浮気するとでも？」

「姐さんの不義は疑っていません。ただ、桐嶋さんが相手ならば清和坊ちゃまが妬《や》きます。京子の前ですぐにボロを出すでしょう。お気づきかもしれませんが、清和坊ちゃまは姐さんのことになると理性を失います」

姐さんがいるから強いんですけどね、と祐はさりげなくフォローを入れた。

「……で、ずっとつけてくる人がいるよね？　清和くんの舎弟さん……じゃないよね？　眞鍋本家で生卵を投げてきた人じゃないかな？」

氷川は闇雲に道を進みながらも、執拗《しつよう》に後からついてくる青年に気づいた。一瞬、勘違いかと思ったが、尾行されていることは間違いない。

「なかなか鋭いですね。下手な尾行ですが、気づかないふりをしてください」

祐は実戦向きではないが、あからさまな尾行には気づいていたらしく、小さな声で囁《ささや》くように言った。

「ひょっとして、佐和姐さんに尾行がついていた？」

よくよく考えれば、いくら藤堂の助けがあったとはいえ、佐和が誰にも気づかれずに眞鍋本家からは出られないだろう。常に京子の意を受けた誰かに、佐和は見張られているはずだ。

「美貌以上にカンが冴《さ》えていますね。佐和姐さんの外出を見逃すほど、京子はマヌケじゃありませんから」

あえて行き先も目的も問い質さず、佐和を見送った可能性が高い。佐和も堂々と眞鍋本家を出てきた気配がある。まるで、尾行しろと指示しているようなものだ。いや、京子の息のかかった舎弟にわざと尾行させたのかもしれない。

「……ああ、そうか。佐和姐さんは尾行されてよかったんだね？　清和くんは横浜で僕を捨てて、佐和姐さんと一緒に京子さんのところに戻った、ということになれば……そういうことにしたいのか……」

「姐さん、どこに行くんですか？」

祐に怪訝な顔で問われ、氷川は視線を合わせずに答えた。

「もし、本当に清和くんに捨てられたら僕は理性を失う。おとなしく祐くんのものにはならないよ」

氷川は言うや否《いな》や祐を振り切るように走りだした。

わかりきったことだが、祐は血相を変えて追いかけてくる。傍目《はため》からは日本人形のような氷川とタレントのような祐がどう見えるのか不明だが、京子の舎弟には女を追いかける男の図に見えるだろう。すなわち、清和に捨てられて嘆く氷川を追う祐だ。

「……姐さん？　鉄砲玉根性は出さないでください」

氷川の意図に気づいているのか、気づいていないのか、定かではないが、祐は息を切らしながらぴったりと後に続く。祐の体力のなさには定評があるが、気力と根性で頑張っているようだ。

「京子さんの舎弟さんはちゃんとついてきているね」

氷川は振り返らず、前を見つめて走り続ける。

「……っ……は、はい？　ついてきていると思います。ど、どこに行くんですか？　お、お、俺を……殺す気ですか？」

祐は息が上がって苦しそうだが、氷川は立ち止まったりはしない。もっとも、氷川の呼吸も荒い。

「……っ……清和くんに捨てられたら僕は泣く。泣いても……いいところに行くんだよ。泣けるところはないかな……」

正直に言えば、氷川はひとりになって心置きなく泣きたかった。どうにもこうにもやるせなくてたまらないのだ。

「姐さん？　泣く必要はありません」

祐は手を伸ばして氷川を捕まえようとした。

氷川は祐の手を躱《かわ》し、むちゃくちゃに走り続ける。そんな季節ではないのに、白皙の額には汗が吹き出ていた。

「清和くんに捨てられたんだから、僕は脇目《わきめ》も振らずに泣いたほうが信憑性がある。京子さんも満足するんじゃないかな」

清和くんが僕を捨てたと知ったら京子さんは喜ぶだろう、清和くんが戻ってきたら最高に嬉《うれ》しいはずだ、清和くんに捨てられた悲しみや苦しさが消える、と氷川は屈辱感に塗《まみ》れて鬼になっている京子を思った。京子に好感は微塵も抱いていないが、清和を愛した気持ちだけは理解できる。

「……っ……っ……姐さん？」

今にも地面に這《は》い蹲《つくば》りそうな祐を振り切れそうで振り切れない。氷川の足が思うように動かないからだろう。

「……う……うん、清和くんに捨てられて京子さんが泣いた分だけ僕も泣いてあげる。清和くんに捨てられて京子さんが苦しんだだけ僕も苦しまなくちゃ」

氷川は思い詰めた目で迸《ほとばし》るように気持ちを明かした。そんなつもりはなかったが、清和を京子から奪ってしまったのはほかでもない氷川だ。清和は破格の手切れ金を払ったが、氷川はなんの落とし前もつけていない。氷川が京子に詫びる必要もないと諭され、何もせずに過ごしていたのだ。

「……っ……京子はそんなに可愛い女じゃ……ありませんっ」

祐から呆《あき》れ果《は》てている気配を感じたが、氷川の心は変わらなかった。

「祐くんの女性評は当てにならない。本気で誰かを愛したことのない祐くんにはわからないと思う」

母親の影響が大きいのだろうが、祐の女性に対する評価は辛辣極まりない。これまで彼が褒めた女性は数えるほどしかいなかった。

「……お、お、お、俺に対する評価が……厳しすぎっ……ます」

「祐くんもおかしくなるくらい誰かを好きになってみるといい」

氷川の思考回路が斜め上にかっ飛んだが、祐は荒い呼吸できっちり対応した。

「……お、お、お、お、俺はおかしくなるぐらい姐さんが好きですよ。命を……命をかけています……」

祐は持てる根性を振り絞って追っているらしいが、今にも事切れそうな気配がひしひしと背後から伝わってくる。

「祐くん、体力ないね」

氷川が軽く言いながら立ち止まると、背中に焼けるような怒気を感じた。

「……このっ」

これ以上、氷川が走り続けたら、祐は間違いなく倒れてしまう。清和の大事な戦力を削《そ》ぐようなことはしてはいけない。

氷川が落ち着いて周りを見回すと、豊かな自然に覆われた公園が広がっている。海から離れたつもりが、どこでどう方角が変わったのか、また海辺に戻ってきていた。この海のどこかに清和はいるのだろうか。

「ごめん、僕、祐くんに八つ当たりしてしまうかもしれない」

この感情をどこにどうぶつければいいのか、どうしてこんなに気持ちを持て余すのか、氷川は割り切れない自分を叱責《しっせき》した。

「どこかに殴り込まれるより何倍もマシです」

氷川が桐嶋とともに抗争中の藤堂組総本部に殴り込んだことを根に持ち、祐は未だにネチネチと執拗に文句を言う。当然、氷川はそんなことで落ち込んだりはしないが、殴り込みという言葉に反応した。

「殴り込み？　杏奈さんと裕也くんの居場所さえわかれば、僕がそこに殴り込むのに」

「うわっ、やっぱりそんなことを考えていたんだ。殴り込むのは舎弟の仕事です。姐さんの仕事ではありません」

それだけはやめてください、と祐は泣きそうな声で言った。眞鍋組で一番汚いシナリオを書く策士の面影はない。

「僕、姐さんじゃなくて舎弟だったらいつでも清和くんと一緒にいられたのかな」

「また変な方向に思考回路が向いていますよ。姐さんに舎弟ができるわけないでしょう。第一、ヤクザですよ」

ヤクザ、という言葉に氷川の心が反応した。黒いスーツに袖を通していなければ、清和は意外なくらい紳士で、ヤクザとは思えないぐらい優しくて可愛い男だ。

「……ヤクザ……ヤクザ……家の中では清和くんは優しいからヤクザってことを忘れた。これからは京子さんに優しくするのかな」

目の前を通り過ぎた若いカップルが清和と京子に重なり、氷川の潤んだ目から大粒の涙が溢れる。

「姐さん、それは考えないでください。そんなことを考えても無駄です。無駄なことに時間を費やさないでください」

「佐和姐さんは一週間とか期限を切ったけど、奇跡でも起こらない限り、一週間では無理だよね。もしかしたら、一月……三ヵ月……半年以上はかかるかもしれない……ううん、一年や二年ですまなくなるかもしれない」

佐和を信じないわけではないが、期限については現実味がない。佐和は氷川を納得させるために大嘘をついたのかもしれない。

「俺が奇跡を起こしますから待ってください」

「あんなに魅力的な京子さんと一緒にいたら清和くんの気持ちも変わるかもしれない……ふたりは本当の夫婦になるかもね……お似合いの夫婦だよね……」

ベビーカーを押して歩く若い夫婦が、清和と京子にいやでも重なってしまう。どんな奇跡が起こっても、氷川と清和にはありえない未来だ。

「清和坊ちゃまにどれだけ惚れられてるか忘れたんですか」

可愛い清和クンがベタ惚れしている姐さんを忘れるわけないでしょう、と祐は思い切り怒っているようだが、氷川の心は揺れ動いたままだ。

「う、う、う、嘘の夫婦でも……清和くんが僕のことを想っていてくれても……京子さんがそばにいたら……夜もそばにいたら……清和くんの子供を京子さんは妊娠するかもしれないね」

たとえ清和の心が氷川にあっても、京子と夫婦になるのならば、同じ寝台に上がるはずだ。行為がなければ、京子は疑ってかかるかもしれない。

「姐さん、自分に核弾頭を落としてどうするんですか」

祐の罵声《ばせい》を聞きつつ、氷川は話題を無理やり変えた。

「……もうちょっと綺麗《きれい》な海がいいな」

「都会の海はこんなものです。次は沖縄《おきなわ》の海にしましょう」

海を眺める氷川の目から涙が溢れ、白い頰を伝って滴り落ちた。

「……僕……………っ……」

今まで堪えていたものが、一気に押し寄せてきたのか、氷川はその場にへたり込んだ。

「もう、心置きなく泣いてください。今、流した涙は京子を騙すアイテムになります。無駄にはなりません」

祐は仕立てのいいスーツを着ているにもかかわらず、氷川の隣に腰を下ろした。

「……清和くん……」

今、清和は何をしているのだろう。早くも京子に会いに行っているのだろうか、瞼に浮かべた愛しい男の隣には勝ち誇ったような京子がいる気がした。

「二代目組長からお前を譲り受けた。今日からお前は俺のものだ。泣くのならば俺のために泣け」

氷川を払い下げられたというシナリオに添って、祐は男臭いキャラのように力強く言い放った。

「……下手なセリフ」

氷川が涙を流したまま反応すると、祐はこれ以上ないというくらい鼻白む。

「渾身《こんしん》のセリフだったのに」

本気だったらしく、祐は悔しそうに口元を歪めた。

「桐嶋さんだったら自分のキャラに合った口説き文句を並べていたと思う」

「あの単細胞馬鹿に負けるわけにはいきませんね」

祐は氷川の肩を抱き寄せ、甘いセリフを考えだした。京子の舎弟の目には、清和に捨てられた氷川を宥める祐の図になるだろう。

「清和くん、京子さんに甘く囁くのかな」

どちらかというと寡黙な清和の口は重く、なかなか愛の言葉を囁いてくれなかったが、時折、照れくさそうに告げてくれた。

「あの照れ屋には百億積んでも無理だと思います。あ～っ、俺がいるんだからほかの男のことは考えるな」

「この海を泳いだら千晶くんのいる小田原に着くのかな？」

氷川の思考回路がブッ飛んだが、祐は楽しそうに喉《のど》の奥で笑った。

「また突拍子もないことを言いましたね」

「清和くんが戻ってきてくれるまで、海の底に沈んでいられたら楽だろうな」

いっそのこと海の底に沈みたい、と氷川は痛切に感じた。海の底ならば京子を横に座らせる清和を見なくてもすむ。

「姐さんが人魚だったら反対しませんが、エラ呼吸できないのだから陸地で暮らしてください」

連想ゲームではないが、氷川は呼吸関係で話を繋《つな》げた。

「……僕は呼吸が浅いみたいなんだけど、大半の現代人の呼吸は浅いんだ。腹式呼吸ができる人も限られているとか」

「俺も腹式呼吸なんてできません」

「……うん……っ……清和くん……」

話を続けようとしたものの、氷川の心にも頭にも愛しい男しかいない。心の中で呼んだつもりが、無意識のうちにポロリと零《こぼ》した。

「ここで思い切り泣いてください。泣いた分だけ、後日、清和坊ちゃまにサービスさせますから」

氷川の嗚咽《おえつ》を掻き消すように船の汽笛が鳴り響いた。

4

氷川《ひかわ》は思う存分泣いてから、イワシがハンドルを握るレクサスで祐《たすく》が所有しているマンションに向かった。眞鍋《まなべ》組のシマから離れているが、氷川の職場の最寄り駅には電車一本で行ける。

車中、隣に座った祐はずっと携帯電話を操作し、イワシはいつも以上に神経を尖《とが》らせている。氷川は腫《は》れた目を濡《ぬ》らしたハンカチで冷やしていた。後部座席にはイワシが買い込んだ氷川のための横浜土産《よこはまみやげ》が積まれている。これ以上、氷川は祐やイワシの前で泣くわけにはいかない。

そうこうしているうちに、氷川を乗せた車は見るからに重厚な造りのマンションの駐車場に入る。

「着きました」

イワシが後部座席のドアを開け、祐に続いて氷川も降りる。駐車場に人の気配はないが、イワシと祐は注意深く周囲を見回した。今までと違い、祐が氷川の細い肩を抱き、エレベーターに向かってゆっくり歩く。

肩に回された祐の手に違和感はあるものの、どこに誰の目があるかわからないから、受け入れるしかない。

　駐車場の端にあるエレベーターに辿《たど》り着《つ》く前に、オートロック式のドアが二重にあった。

　エレベーターは祐が持っているキーがなければ動かないし、監視カメラが何台も設置されている。政治家や芸能人が多く住んでいるらしいが、二十四時間態勢の防犯システムは完璧《かんぺき》だと評判だ。正面のエントランスには受付があり、その奥には常に管理人や警備員が待機している。

　エレベーターで九階に上がり、突き当たりにあるドアの前で立ち止まった。九〇一号室、今日から氷川が暮らす部屋だ。

　祐は玄関のドアを開け、氷川を招き入れた。

「狭いところですが我慢してください」

　祐は三和土《たたき》で靴を脱ぎ、目の前に伸びる廊下を進む。氷川は左右のドアを眺めつつ、祐の背中を追った。

「祐くん、充分だよ」

　洗練されたリビングルームは広いし、ダイニングキッチンも機能的でいて経済的だ。生活感はまるでないが、氷川ならばこのスペースだけで暮らせる。

「強行軍で疲れたでしょう。お茶でも淹《い》れます」

祐は湯を沸かすためにキッチンに立った。

椅子《いす》が三脚並んだカウンター式のテーブルには、コーヒーの缶やフィルターが用意される。祐の趣味なのか、コーヒーカップは白いリチャード・ジノリだ。

「お構いなく」

氷川が円形のライトの下にある白いソファに腰を下ろすと、祐はシャープなデザインのガラステーブルに横浜名物を載せた。よく見れば洋菓子だけでなく中華菓子や中華料理、地ビールもある。

「この部屋にまともな食材はありません。近所にコンビニもデパートもありますが、できるなら姐《あね》さんひとりで歩かせたくない……京子《きょうこ》が、清和《せいわ》坊ちゃまと姐さんが別れたと確認しても、姐さんが狙《ねら》われないとは断言できません」

たとえ、氷川が祐のものになったと知れ渡っても、危険が払拭《ふっしょく》されたわけではない。相手が京子だけに油断は禁物だ。氷川には今までと同じように表立ったボディガードはつかないが、諜報部隊《ちょうほうぶたい》の誰かが陰から守る手筈《てはず》になっているという。

「僕のことは心配しないでいいよ。ショウくんみたいに食い意地は張っていないから」

大食漢のショウならば何時であれ何であれ胃袋に納めるだろうが、氷川は目の前に美味《おい》しそうな逸品が並んでもまったく食欲が湧《わ》かない。

「そうですね」

ブラックホールと称したショウの胃袋には、祐も思うところがあるらしい。

「ショウくんからはまだ連絡がないの？」

氷川が胸に引っかかっていた懸念を口にした時、携帯電話の着信音が鳴り響いた。切ったつもりが切っていなかったらしい。

「祐くん、桐嶋《きりしま》さんからだ」

携帯電話の着信音は執拗《しつよう》に鳴り続け、それだけで桐嶋の興奮ぶりが手に取るようにわかる。やっと鳴りやんだと思ったのも束《つか》の間《ま》、すぐにまた鳴りだした。祐は渋面《じゅうめん》で二人分のコーヒーを淹れている。

「……祐くん、出るまで鳴り続けると思う」

氷川が降参とばかりに溜《た》め息《いき》をつくと、祐が苦笑混じりの微笑を浮かべた。

「姐さん、出てください」

祐の指示に従い、氷川は携帯電話に応対した。

「もしもし？」

『姐さん、ご無事ですかーっ？』

携帯電話越しに聞こえてきた桐嶋の大声に、氷川は白百合《しらゆり》と称《たた》えられている美貌《びぼう》を歪《ゆが》めた。

「……桐嶋さん、声が大きすぎる。トーンを落として」

耳が痛い、と氷川は文句を口にしたが、桐嶋は一方的に喋《しゃべ》りだした。

『眞鍋の二枚目が姐さんを捨てよったとか、眞鍋の男前が更生したとか、あの女みたいな祐ちんに姐さんが払い下げられたとか、わけのわからんけったいな噂《うわさ》が流れとんのや。なんでこんなガセネタが流れるんや』

横浜で佐和《さわ》と話し合ってから何時間たったか、半日は経過しているのか、電光石火の速さで噂が流れたようだ。

氷川が手にしていた携帯電話を、祐がしかめっ面《つら》で奪い取った。

「桐嶋組長、女みたいとは誰のことですか？」

祐がやたらと刺々《とげとげ》しい声で問うと、初めて携帯電話の向こう側にいる桐嶋がおとなしくなった。

『……あ？　……姐さんちゃうのか？　……祐ちんか？　ああ、キュートな祐ちんでも構へんわ。眞鍋の若い衆がけったいな噂を流しとるんやで？　京子が加藤《かとう》アホぼんを捨てて、眞鍋の二枚目ちゃう二代目とヨリを戻すとも聞いたわ。あんなメギツネに近づいたらあかん、それぐらいわかっとるやろ、眞鍋の二代目は姐さん一本ちゃうんか？　チ〇コが二本に増えたんか？　舌が二枚も三枚も増えたとは言わせへんで？　優しい姐さんを泣かすんやないっ』

桐嶋が静かになったのも束の間、話の途中で興奮のボルテージがどんどん上がっていく。まさしく、関西の借金取りにまくし立てられているようだ。耳が痛むのか、祐は携帯電話を離して聞いていた。

「それは事実です。桐嶋組長が騒ぐ必要はありません」

祐が甘い声で断定すると、桐嶋が息を呑《の》んだ様子が伝わってくる。そんな大嘘情報《おおうそじょうほう》に惑わされるな、と祐から注意されるものだと思っていたらしい。

『……なんやて？　歳《とし》のせいかこのところ耳が遠なったんや。ラブリーな祐ちん、もう一度言うてくれへんか？』

桐嶋とは思えない声が携帯電話から聞こえてきたが、祐は意志の強い目できっぱりと念を押した。

「ガセネタではありません。事実です」

『眞鍋のガキがうちの姐さんを捨てたとでも言うんか？』

眞鍋のガキ、とは言わずもがな清和のことだ。氷川は困惑して腰を浮かせたが、祐は依然として落ち着いていた。

「恋も愛もどれほど儚《はかな》いか、元竿師《もとさおし》ならばよくご存じでしょう。闘牛でもあるまいし、そんなに興奮しないでください」

祐は祐なりのシナリオを書いているのか、藤堂《とうどう》相手の駒《こま》にしたいのか、桐嶋に真実を告げようとしない。

『俺の大事な姐さんを捨てるとは何事かっ。眞鍋のガキ、見損なったで。一度、シメなあかん』

清和くんに乱暴をしないで、清和くんは何も悪くない、と氷川は叫びそうになったが、すんでのところで思《おも》い留《とど》まった。

真《ま》っ直《す》ぐな桐嶋を騙《だま》さないと、狡猾《こうかつ》な京子は騙せないだろう。大事な味方も騙すのは祐の常套手段《じょうとうしゅだん》だ。

「そんな余裕があるのなら、桐嶋組のシマを守ってください。桐嶋組が壊滅したら、眞鍋も困ります。関西の長江《ながえ》組にシマを狙われているのが、まだわからないのですか？　何度もメールを入れたでしょう？　うちの虎《とら》から直に連絡も入れたはず」

自分がすべき仕事を忘れている、と祐は携帯電話を手にしたまま力んだ。今回の一連の騒動に関し、桐嶋の行動にはだいぶ鬱憤《うっぷん》が溜まっているらしい。

『……あ？　俺の主人は氷川諒一《りょういち》先生だけや？　誰であっても俺の邪魔はさせへんで。俺の身体《からだ》が塵《ちり》になっても煤《すす》になっても、俺の主人は変わらへん』

清和が氷川を捨てたのならば、清和に払う義理はない、と桐嶋は事実上の宣戦布告をした。

まったくもって使えない、と祐が顔をヒクヒク引《ひ》き攣《つ》らせている。今にも頭部から二本の角が生えそうだ。

「藤堂和真《かずま》がロシアン・マフィアのイジオットと繋《つな》がっています。眞鍋のシマでうろついているロシアン・マフィアを締め上げてみてください。桐嶋のシマにもロシアン・マフィアは乗り込んでいると思いますよ」

桐嶋に対する最終奥義《さいしゅうおうぎ》、藤堂の名と現状を祐は明かす。けれど、発奮するとばかり思った桐嶋から白けた空気が流れてきた。

『なんでそんなけったいな嘘をつくんや？　カズがロシアン・マフィア？　イジオなんとかやて？　なんでそんなもんと組むんや？』

桐嶋の中にいる藤堂は今も昔も人のいい良家の子息のままであり、ロシアン・マフィアには繋がらないらしい。

「藤堂が連れているロシアン・マフィアの中に、若くて目立つ男がふたりいます。名前はウラジーミルとニコライ、ファッションモデルのようなルックスですがイジオットの幹部です」

祐は船内のカウンターでウオッカを飲んでいたロシア人男性たちの素性を摑《つか》んでいるようだ。

『……ウラなんとか？　ニコなんとか？　なんや？　その変な名前は？　断っておくが、ボケとるわけちゃうで？　マジに変な名前やな』

桐嶋は馴染《なじ》みのないロシア名に思い切り戸惑っていた。その気持ちは氷川もわからないではない。

「六本木《ろっぽんぎ》のシマにあるロシア料理店のオーナーは、藤堂と共闘しているロシアン・マフィアのイジオットのメンバーです。メールを送りますから、殴り込むならそちらにしてください。是非、イジオットのウラジーミルとニコライの名前を出してください」

核弾頭と称した氷川を案じてか、祐は地名は明かしたもののロシア料理店名まで公にはしない。多国籍な六本木にロシア料理店は何軒もあるだろう。

『……祐ちん、ホンマか？』

「桐嶋さんがうちのショウと同じレベルの頭脳の持ち主だということはよく知っています。たとえ、ショウ並みの単細胞アメーバでも、自分がすべき義務は果たさなければなりません。……おわかりですね？」

祐の辛辣《しんらつ》な嫌みの真意に気づいたのか、気づかないのか、定かではないが、桐嶋はガラリと話題を変えた。

『……そやな、ほな、姐さんは俺がもらい受ける。それでええな？　俺はごっつう大事にすんで？　祐ちんじゃ姐さんを可愛《かわい》がられへんやろ』

「ですから、今時珍しい仁義の桐嶋組長、そんな暇があるならさっさと桐嶋のシマから敵を追いだしてください」

祐は険しい顔つきで言い放ってから携帯電話を切った。体力を消耗したのか、祐の呼吸は乱れている。

桐嶋は納得したのか、携帯電話の着信音は鳴らなかった。

「……あの単細胞アメーバ、脳ミソも筋肉でできている、筋肉で知性はカバーできない」

桐嶋の筋肉への祐の罵《ののし》り方《かた》は尋常ではなかった。鍛えようとしても身体的に無理だと宣告された祐には、筋肉に対する憎悪にも似た複雑な思いがあるのかもしれない。

「脳ミソがあるだけ千晶《ちあき》くんよりマシだよ」

氷川が小田原《おだわら》で知り合った千晶を示唆すると、祐は白い手をひらひらさせた。

「姐さん、千晶を基準にしないでください。……とにかく、そのうち気づくでしょうが、できれば気づいていると思いたいのですが、気づいてもらわないと困るのですが、桐嶋組長とのコンタクトは注意してください」

氷川を寄越せという桐嶋の要望は、裏を探るための言葉だったのかもしれない。桐嶋の性格からして、氷川の所有権を求めたりはしないはずだ。

「うん、僕は横浜で藤堂さんと会ったことを黙っていられないかもしれない。桐嶋さんがどんなに藤堂さんを心配して捜していたか知っているから」

「桐嶋組長と藤堂の関係は不可解です。理解に苦しむ」

「きっと今でも不良少年と善良なお坊ちゃまなんだよ」

ヤクザの息子である桐嶋と良家の子息である藤堂の出会いは、お互いの人生に大きな影響を与えた。氷川は自分と清和の出会いや再会を思い出し、打ち消すように自分で額を突《つ》いた。いつまでも引《ひ》き摺《ず》ってはいけない。

「藤堂のどこが善良なお坊ちゃまですか？　藤堂が地獄に叩《たた》き落《お》とした人物リストを見てみますか」

藤堂のヤクザとしての過去は、見方によってまるで異なる。桐嶋からすればいつも裏切られてきたのは藤堂だ。

「桐嶋さんが危ないとわかったから藤堂さんは出てきた。たぶん、今回、藤堂さんが言っていることは嘘じゃない」

氷川がしみじみとした口調で言うと、祐の携帯電話の着信音が鳴り響いた。スマートな策士は一礼してから、携帯電話を手に氷川のそばから離れる。おそらく、聞かせたくない話なのだろう。

氷川はテーブルに積まれた横浜土産を眺め、何度目かわからない溜め息をついた。

窓の外が闇《やみ》に包まれた頃、イワシによって氷川の荷物が運び込まれる。氷川用の新しいタオルやシーツなどのリネンも用意された。どこかのモデルルームのように生活感がまったくなかった部屋が一変する。

「姐さん、俺は仕事に行かなければなりません。絶対に変なことは考えないでください。できれば、何も考えないでほしい」

リキから連絡が入り、祐は奥の部屋で言い合っていた。名取《なとり》グループ関係か、女性が絡んでいるのか、こちらの問題はリキよりビジネスマンに近い祐のほうが得意だ。

「わかっています。さっさと行きなさい」

「今、離れていても橘高《きったか》清和は姐さんのものですから」

「わかってる、清和くんは僕のものだ。佐和姐さんに貸しているだけ」

「はい、佐和姐さんの元にいると思ってください」

祐は丁寧にお辞儀をすると、マンションから出ていった。

ひとり残された氷川はぼんやりと窓の外に視線を流した。眞鍋組のシマとは趣《おもむき》の異なる夜景が広がっている。昨夜《ゆうべ》、船内から清和と一緒に見た夜景ともまた違う。箱根《はこね》の夜とも小田原の夜とも同じではない。

「……清和くん」

夜の闇に煌々《こうこう》と光る明かりを見れば、愛《いと》しい男を連想してしまう。白い壁を見つめても愛しい男の面影が映しだされる。気を取り直そうとしてバスタブに浸《つ》かったが、なんの気休めにもならなかった。

風呂《ふろ》から上がって髪の毛を乾かしていると、来客を知らせるインターホンが鳴り響いた。二十四時間態勢の防犯システムが敷かれているマンションだから、ダイレクトに各戸の玄関口に立つ人物は限られている。受付を通ってきたのは誰か、受付を通ったということは鍵《かぎ》を持っているのではないか、氷川は応対をせず、モニター画面で来客を確かめる。

黒いスーツに身を包んだ清和が、真紅の薔薇《ばら》の花束を手に立っていた。今朝、氷川が締めたネクタイをしている。

清和くん、と氷川は応対しようとしたが、微《かす》かに残っていた理性で思い留まった。人質のことを考えたら、清和には会わないほうがいい。もし、清和と直に会えば氷川はどうするかわからない。人質の無事を確認するまで、京子の怒りを買うことだけは避けたい。

氷川はモニター画面に映る清和の姿に背中を向け、自分の耳を左右の手で塞《ふさ》ぐ。インターホンの音が耳に入らないように。

ドンドンドンドンドン、と玄関のドアが凄《すさ》まじい勢いで叩かれたが、氷川は必死になって無視した。

清和くん、帰って、清和くんは覚悟を決めたのでしょう、僕も清和くんに従って覚悟を決めたから帰って、僕を惑わせないで、僕を苦しめないで、と氷川は玄関の前に立つ清和に語りかける。

それなのに、インターホンはしつこく鳴り響き、清和は一向に立ち去る気配がない。

手で耳を塞いでもインターホンは聞こえるし、ドアを叩いたり、蹴《け》ったりする音もわかる。部屋の鍵を持っているわけではないようだ。

「……冬だよ……十二月の夜……こんなところで……こんなところで風邪でもひいたらどうするの……早く帰りなさい……人質を助けなきゃいけないでしょう……杏奈《あんな》さんや裕也《ゆうや》くんに何かあったら……どうするの……橘高さんや典子《のりこ》さんだって……」

氷川は目を潤ませて、愛しい男に呟《つぶや》く。

「……清和くん？」

玄関のドアを蹴り飛ばす音が激しく、清和に殴り込みを受けているような気がした。いや、清和ならば頭に血が上っていても、氷川相手に乱暴な振る舞いはしない。ヤクザとしての清和はいざしらず、氷川相手の彼はとことん優しい。

氷川は調べるような目でモニター画面に映る清和を凝視した。雪の日を連想させる双眸《そうぼう》に高い鼻梁《びりょう》、シャープな顎《あご》のライン、清和の持ち物に見えるが、いかんせん、モニター越しだ。

清和に見えるがよく似た他人かもしれない。清和に化けた男が押しかけてきたのかもしれない。いったい誰が、なんのために、そんなことをするのかわからないが、ここで氷川が引っかかるわけにはいかない。

氷川は深呼吸をしてからインターホンに応対した。

「はい？」

氷川の耳にとても低い声が飛び込んできた。

『開けろ』

氷川は一声聞いた瞬間、玄関口に立つ男が清和ではないと確信した。インターホンに向かって緊張が走るが、決して慌てたりはしない。

「どうして？」

すぐにドアを開けてもらえると思っていたのか、清和によく似た男は顔を醜悪に歪め、いっそう激しくドアを蹴った。

『さっさと開けてくれ』

「なぜ？」

『俺が誰だかわかっているだろう？』

清和によく似た男の動作は乱暴だが、口にする言葉はちゃんと選んでいる。氷川も冷静さを胸に命じながら対峙《たいじ》した。

「僕を誰だと思っているの？」

なんて答えるのかな、と氷川が返事を待つと、清和とは思えないセリフが返ってきた。

『抱いてやるからここを開けろ』

絶対に清和くんじゃない、と氷川は確信を持った。

さが違う。


「相手を間違えています」

鉄壁の防犯システムを潜《くぐ》り抜《ぬ》けて玄関まで辿り着いたのは見事だが、清和のキャラ作りに関しては杜撰《ずさん》の一言に尽きる。よくよく見れば、モニター画面越しでも清和とは目の鋭さが違う。


『間違えてはいない。氷川諒一、お前は俺の女だ』

「僕を捨てたのはどなた？」

氷川がわざとヒステリックに言うと、清和に化けた男は言《い》い淀《よど》んだ。

『……ん、それは……』

「僕を捨てたくせに、よくおめおめと顔を出したね。帰りなさい」

氷川がインターホンを切ろうとすると、清和によく似た男の隣に加藤の舎弟である香坂《こうさか》が現れた。

『姐さん、本当に橘高清和に捨てられたのか』

眞鍋組の内情がどうなっているのか、氷川には見当もつかないが、自分に与えられた役割は守らなければならない。今、氷川は清和から祐に払い下げられた存在だ。

「帰ってください」

氷川がこれ以上ないというくらい冷たく言っても、香坂はまったく気にしていない。不敵にニヤリと笑い、嘲笑《ちょうしょう》を含んだ口調で言い放った。

『姐さんがオカマに払い下げられたと聞いたから、わざわざ慰めに来てやったんだよ。オカマ同士でくっついても仕方がないだろう』

自分がオカマと言われたと知れば祐はどう出るか、氷川は失笑を漏らしそうになったが、今はそんな場合ではない。

「お帰りください。僕は警察を呼びたくありません」

『橘高清和は本当に京子姐さんとヨリを戻すつもりか？』

清和が京子と元の鞘《さや》に収まれば、加藤はどうするのだろう。香坂は表向きは加藤の舎弟だが、京子の意を受けて出現した可能性もないわけではない。ひょっとしたら、京子に命じられ、氷川の現状を探りに来たのかもしれない。

「僕に聞かずに本人に聞いてください」

清和がどう答えるのか、氷川は想像すると胸がチクリと痛む。

『あんな大男に聞いても楽しくない。綺麗《きれい》な姐さんの身体に聞きたいんだ。後悔させないから、ドアを開けてくれよ』

香坂は眞鍋本家で不躾《ぶしつけ》に口説いてきたが、本気なのかもしれない。氷川は鳥肌を立てたが、逃げる場所はない。

「警察を呼びますよ」

立場上、警察に救いを求めるわけにはいかないが、いざとなれば手段は選ばない。警察には一般人として最初から最後まで貫き通す。

『警察なんてなんの役にも立たないぜ？　わかっていると思うが、京子のバックにはお偉いさんがついている』

お偉いさん、とは京子と共闘している秋信《あきのぶ》社長及び舅《しゅうと》の政治家を指しているのかもしれないが、氷川は臆《おく》せずに一蹴《いっしゅう》した。

「僕にそんな脅《おど》しは通用しません。帰ってください」

『あんなオカマとじゃ、ヤっても面白くないだろう？　いや、あのオカマにはできないだろう？　女同士でどうする気だ？』

いろいろな意味で腹立たしくてたまらないが、香坂のような男に真正面から向かっても時間の無駄だ。

「君は三代目組長とやらの加藤さんの舎弟ではないのですか？　こんなところで僕を口説いている場合ではないでしょう？」

清和と京子が元の鞘に収まれば、加藤の存在は無用になり、非常に苦しい立場に追いこまれるだろう。本来ならば香坂は加藤のために駆けずり回っていなければならない最中だ。

『……あ？　加藤の舎弟？　俺が加藤の舎弟に見えるのか？』

香坂はさも楽しそうに喉《のど》の奥で笑った。極道界も個人差や個性が取《と》り沙汰《ざた》されている時代とはいえ、組長に対する舎弟の態度ではなかった。

「君は加藤さんの舎弟として眞鍋の若頭になったのではないのですか？　君は京子さんの舎弟なの？」

香坂は加藤の舎弟より京子の舎弟と名乗られたほうがしっくりするかもしれない。

『教えてやるからドアを開けろ』

香坂は不遜《ふそん》にほくそ笑むと、玄関のドアをリズミカルに蹴った。開けろ、と足で催促しているのだ。

「祐くんが怖いから開けられません」

『あんなオカマのどこが怖いんだ？　俺が守ってやるから安心しろよ。どうも姐さんは俺を誤解している。誤解を解かなきゃな』

香坂はしたり顔でつらつらと言ったが、いつしか現れたマンションの警備員に肩を叩かれた。いや、マンションの警備員に化けた諜報部隊所属のイワシとシマアジだ。もっとも、香坂は諜報部隊のイワシとシマアジだとは気づかない。

香坂は引き際だと察したのか、清和によく似た男を連れて悠々と立ち去った。玄関のドアを開けさせられなかったこと、氷川に直に接触できなかったこと、今夜の来訪は失敗だと、香坂に悔やんでいる気配はない。

氷川はほっと胸を撫《な》で下《お》ろしたものの、新たな不安がどっと押し寄せてくる。同時に愛しい男の姿が瞼《まぶた》に浮かぶ。

もしかしたら、今頃、清和は京子を抱いているのかもしれない。若い清和と京子ならば際限なく愛し合えるのかもしれない。京子ならば清和を最高に楽しませることができるのかもしれない。

「……やけぼっくい……やけぼっくり……だっけ？　やけぼっくいに火がつく……？　清和くん……最初はお芝居でも本気になってしまうかも……僕は……そうしたら僕は……僕は……」

氷川はふらふらしながら、ベッドルームに向かった。さっさと眠ってしまったほうが何も考えずにすむ。

モノトーンで揃《そろ》えられたベッドルームに、家主の匂《にお》いはまったくない。氷川は真っ赤な目を押さえつつ、シングルベッドに横たわった。

清和の精悍《せいかん》な姿が瞼に焼きついてはなれないし、佐和の懇願する声は耳にこびりついたままだ。香坂の下卑《げび》た口説き文句が祐や桐嶋の言葉とともにぐるぐると駆け巡る。しまいには、京子に落とし前をつけられた時の光景がフラッシュバックした。指を詰めるより、清和を失うほうが何倍も辛い。

清和くんがいないと生きていけない、清和くんがいないと生きている意味がない、清和くんがいないのにどうして僕は生きているの、僕は清和くんのために消えたほうがいいのかもしれない、杏奈さんや裕也くんのためにも消えたほうがいいのかもしれない、と氷川の思考回路は陰鬱《いんうつ》な方向に突き進む。

窓の外から救急車のサイレンが聞こえ、氷川は医師である自分を取り戻した。休日は終わり、明日の月曜日は出勤する日だ、と。

清和によく似た男と香坂の来訪に関するメールを祐の携帯電話に送った。明日の出勤についての断りも入れる。

一時間後、祐から了解という意味のメールが届いた。

5

翌朝、氷川《ひかわ》は目覚めた途端、隣に清和《せいわ》がいないか確かめてしまった。ベッドから飛び起きて、寝間着のままリビングルームに早足で向かう。

「……清和くん？」

期待を込めて呼んだが、愛《いと》しい男の声は返ってこない。

「清和くん、いないの？」

ダイニングキッチンにもパウダールームにもバスルームにもトイレにもベランダにも清和はいない。家主である祐《たすく》の姿もないし、昨夜《ゆうべ》は帰ってきた気配がない。

「忙しいんだろうな」

氷川はテレビのスイッチを入れ、ニュース番組にチャンネルを合わせた。まだ眞鍋《まなべ》組の抗争も名取《なとり》不動産の粉飾決算のニュースも流れてはいない。つい先日、殺された酒井利光《さかいとしみつ》や意識不明の重体だという吾郎《ごろう》のニュースもない。氷川はコーヒーを淹《い》れながら、哀れとしか言いようがない幼児虐待事件のニュースを聞いた。幼い清和が実母のヒモに暴力を振るわれたように、あどけない幼女が実母の内縁の夫に虐待されて亡《な》くなっている。同じアパートの住人はひたすら後悔しているという。

「……清和くん、大きくなってよかったね。無事に大きく育って本当によかった」

虐待事件の被害者が幼い清和に重なり、氷川の目がうるりと潤んでしまう。出勤前から泣いている場合ではない。それでなくても、昨日、泣きながら眠ったせいか目はとんでもなく腫《は》れている。

氷川は気分を落ち着かせるように、熱いコーヒーを一気に飲んだ。テーブルに置きっ放しにしていた横浜銘菓《よこはまめいか》のレーズンサンドも摘《つ》まむ。ブランデーで漬けたレーズンとクリームとクッキーが絶妙な味わいだ。

祐が何を思ったのか不明だが、清和と暮らしていた部屋にあったクマのぬいぐるみのカップルが、リビングルームのソファに運び込まれていた。元々、クマのぬいぐるみは氷川が買い求めたものではなく、清和の舎弟でありながら摩訶不思議《まかふしぎ》の冠がつく信司《しんじ》が用意したものだ。

幼い清和はクマのアップリケがついたベビー服を着ていた。実母の趣味だったのかもしれないが、幼い清和もクマはお気に入りだったのだろう。

氷川はクマのぬいぐるみのカップルを膝《ひざ》に載せ、脳裏に小さな清和を浮かべた。そう、凜々《りり》しく成長した清和を記憶の片隅に追いやるのだ。一心不乱、命がけでイメージトレーニングに励む。

氷川の中で雄々しい清和があどけない清和に変化を遂げた。

「清和くん、諒《りょう》兄ちゃんは頑張るからね。清和くんも頑張ってね。諒兄ちゃんのことは気にしなくてもいいからね」

氷川は小さな清和に見立てたクマのぬいぐるみの頭を優しく撫《な》でる。もちろん、クマのぬいぐるみから返事はないが気にしない。

「諒兄ちゃんはお仕事に行くからね。清和くんはお義母《かあ》さんのところでおりこうさんにしているんだよ」

氷川は自分で自分に言い聞かせると、幼い清和に見立てたクマのぬいぐるみに頬《ほお》を寄せた。スリスリスリ、と思う存分、頬ずりする。己の無気味な行為を振り返る余裕はまるでない。

「清和くん、ごはんを食べている時に走り回っちゃ駄目だよ。お義母さんのお膝でじっとしているんだよ。清和くんはお義母さんに甘えていいんだよ。もじもじしないでお義母さんに甘えようね」

仕上げとばかりにクマのぬいぐるみにキスを落とし、ソファから立ち上がった。歯を磨いてから、冷たい水で顔を洗う。

地味な色のスーツを身につけ、ウォークインクローゼットに収められていた通勤用の鞄《かばん》を持った。

仕事に出るな、とは誰にも言われてはいない。清和に捨てられたという立場なのだか

ら、かえって仕事には出たほうがいい、と氷川は思った。

「今から出勤します、と」

氷川は祐にメールを送ると、マンションを後にした。目と鼻の先に最寄り駅があるので、電車通勤でもそんなに苦にはならない。

清和の姐《あね》になった時から氷川には送迎係が付き、通勤手段はショウがハンドルを握る黒塗りのメルセデス・ベンツになっていた。

氷川にしてみれば久しぶりの電車通勤だ。ラッシュ手前の時間帯だが、氷川は人の波に酔いそうになる。

この感覚、この感覚だ、朝はこうだったんだ、と氷川は変なところで清和と出会う前の記憶を甦《よみがえ》らせた。

腰から臀部《でんぶ》にかけて誰かの手が当たっている。いや、撫で回されている。男に痴漢はないだろう。

氷川はさして気にも留めず、満員電車内を過ごした。

電車が駅に到着し、人々がいっせいに降りる。濃紺のスーツを着た若いサラリーマンが、氷川の耳元に小声で囁《ささや》いた。

「コンタクトにしたほうが綺麗《きれい》だぜ」

氷川がきょとんとしていると、若いサラリーマンは電車から降りる。彼はすぐに人の波に紛れた。

いったいなんだったんだ、と氷川は瞬《まばた》きを繰り返したものの、そんなに深くは考え込まない。

そうこうしているうちに、病院の最寄り駅に到着し、氷川は満員電車から降りた。プラットホームにも改札口にも妙な郷愁が込み上げる。駅のロータリー周辺の風景は氷川の記憶と同じだが、付近の店舗は何軒か変わったようだ。今の御時世、手の打ちようがない不景気の直撃を受けている店は少なくない。

氷川は本数の少ないバスに飛び乗って、小高い丘にある勤務先に向かった。バスの乗客は明和《めいわ》病院のスタッフばかりだ。


すべてが夢か幻だったように、勤務先である明和病院は普段となんら変わらない。今日も患者の大半は付近に広がる高級住宅街の住人であり、病院であっても自分の特権をふりかざそうとする。モンスター患者はひとりやふたりではなく、若い看護師は今にも怒鳴りそうだ。

診察中、氷川は内科医として目の前にいる患者に意識を集中させた。いつもと同じようにめまぐるしい外来診察であり、外来患者の中に眞鍋組関係者や名取グループ関係者がいたとしても気づく余裕はない。

氷川は売店で弁当と飲み物を買い、医局で遅い昼食を摂《と》った。中年の内科医は不倫相手である若い看護師との温泉旅行について語り、再婚したばかりの眼科医は人妻とのアバンチュールを堂々と語った。

女癖の悪い外科部長は、飽きた不倫相手を、生真面目《きまじめ》な小児科医の安孫子《あびこ》に押しつけようとしていた。

「セッティングするから、一度会ってみなさい。きっといい出会いになるよ」

「結構です」

安孫子は外科部長には一瞥《いちべつ》もくれず、遅い昼食を掻《か》き込《こ》んでいる。デスクには製薬会社の営業が置いていったチョコレートがあった。

「君はどうしてそんなに反抗的なのかね？」

「反抗的？　ここで僕に言う言葉じゃありません。第一、僕は今夜は当直です。患者のために明日も泊まり込みの予定です。当分の間、そんな暇はありません」

生真面目な安孫子が頑《かたく》なに拒むと、女癖の悪い外科部長は次のターゲットを物色し始めた。

医局も医師も呆《あき》れるぐらい普段と同じ様子だ。

女癖の悪い外科部長は独身医師の氷川めがけてやってきた。言わずもがな、用済みになった不倫相手を押しつけたいのだ。

「氷川先生、君は若いのに浮いた話ひとつもないのは情けない。ここらでひとつ、男を上げてみないかね？」

「実は彼女ができました」

氷川がしれっと嘘《うそ》をつくと、外科部長は腰を抜かさんばかりに驚いた。

「彼女？　恋人ができたのかね？　氷川先生に恋人ができたのかね？　単なる女友達を恋人とは言わないよ？　恋人は恋人だよ？」

氷川は勤勉で生真面目な医師のひとりであり、恋人も遊び相手もいないものとみなされていた。

「恥ずかしいからそんな大声で言わないでください」

今まで清和の存在があったからか、こういうことに関しては曖昧《あいまい》な答えで濁していた。清和と離れた今、少々の嘘をついても良心の呵責《かしゃく》はない。

「ど、どんな女性かね？」

外科部長が興味津々といった風情《ふぜい》で覗《のぞ》き込《こ》み、周りで聞き耳を立てていた医師たちの視線も氷川に集中した。

ここで一歩でも間違えば、合コンのセッティングを頼まれる。まったくもって油断できない女好きだ。

「背が高くて綺麗ですが……まだどうなるかわからないので騒がないでください」

祐の甘い美貌《びぼう》を脳裏に浮かべ、氷川は辛《つら》そうに手を胸に当てた。今、現在、恋人役の祐のルックスについて嘘はついていない。

「背が高くて綺麗？　モデルかね？　氷川先生が悪い女に騙《だま》されていないか心配だ。私が見極めてあげよう。うん、氷川先生のため、私は一肌脱ぐよ」

議論するまでもなく、外科部長の魂胆はわかっている。

「外科部長、僕の恋人に手を出そうとするのはやめてください」

氷川が冷たい口調で咎《とが》めると、外科部長は珍しく怯《ひる》んだ。

「な、何を言っているのかね？　私が君の恋人に手を出すわけがないだろう。誤解されちゃ困る」

「僕、せっかくできた恋人を外科部長に見せたくありません。その理由はわざわざ説明しなくてもわかると思います」

氷川が弾劾《だんがい》するような目できっぱり言い放つと、背後から若手外科医の深津《ふかつ》の笑い声が響いた。

「部長、今までの女関係を思い出してください。そりゃ、氷川先生でなくても、部長には彼女を近づけられません」

深津が屈託のない笑顔で言い切ると、外科部長は心外だとばかりに食ってかかった。

「深津先生、君は私を誤解している。私はただ優しいだけだ……。優しすぎるのかもしれない」

「優しい男がなんで女をとっかえひっかえ？」

飽きて捨てた女の数を覚えていますか、と深津は茶化すように外科部長の顔を横から眺めた。

「私は優しすぎるから、どんな女も拒めないんだ。寂しそうな女がいたらついつい慰めてしまう」

「物は言いようですね」

深津は感嘆の息を吐いたが、氷川もあまりの言い草に感心してしまう。しかし、外科部長は自分の意見を曲げなかった。

普段通りの病院内に氷川はなんとも言いがたい複雑な気持ちになる。眞鍋組の騒動のとばっちりが及んでいないことは安心したが。

医局秘書が淹れてくれたコーヒーを飲んでから、氷川はクリスマス色が目立つ病棟を回った。

担当している患者も看護師も看護助手も、判で押したようになんら変わらない。トラブルに見舞われ続けている医事課医事係の主任である久保田《くぼた》も相変わらずだ。

「氷川先生、クリスマスに世界が滅亡してくれないでしょうか?」

唐突な久保田の言葉に氷川は目を丸くした。彼はクリスマスに世界が滅ぶことを切望しているようだ。

「久保田主任、君はクリスマスに世界が滅亡してほしいの?」

「世界が滅亡してほしいとは思いませんが、宇宙ぐらいは滅亡してほしいんです。バーン、と景気よく……」

宇宙滅亡とやらのシーンを思い浮かべているのか、久保田の目は異常なくらい輝き、おかしかった。残業に次ぐ残業で過労死寸前にまで追いつめられているようだ。

「目がおかしい。久保田主任、少し休憩を取りなさい」

可愛《かわい》らしい童顔には疲労がありありと表れ、髪の毛はボサボサ、ワイシャツにはインクの染みがべったりとついていた。

「俺にそんな暇はありません。でも、世界が滅亡したら休めるかもしれない。世界はいつになったら滅亡するんだろう」

久保田は虚《うつ》ろな目でふらふらと駆けだしたものの、何もない廊下で滑って顔から転倒した。氷川がよく知る久保田であるし、病院内のありふれた日常だ。

病棟内に眞鍋組関係者は潜んでいないし、事務スタッフに化けた諜報部隊《ちょうほうぶたい》の面々も見当たらない。清和との仲裁を請う名取グループ会長の姿もない。

ここまでくると清和との日々が夢のように思えてしまう。そう、雄々しく育った清和と再会するまで、仕事と自宅の往復だけの日々だった。楽しみも潤いもなく、ひたすら黙々と仕事をこなしていたのだ。

あの日、清和は屈強な男たちを何人も従えて明和病院に堂々と乗り込んできた。眞鍋組の構成員が若手内科医の医療ミスで亡くなったと言って。氷川は清和の傍《かたわ》らにいた橘高《きったか》で気づいたのだ。

『僕を覚えていないのか？　子供の頃、近所に住んでいた氷川諒一だよ。君は僕を諒兄ちゃんと呼んでいた。清和くん、大きくなったなあ』

氷川は懐《なつ》かしそうに近づいたが、清和は他人のふりをした。

『人違いです』

清和が名乗らなかった理由は、説明されなくてもわかる。一般社会で生きる氷川にとって指定暴力団の頂点に立つ男は悪しき存在でしかない。

だが、心のよりどころだった幼い清和に再会して、氷川はいてもたってもいられなかった。眞鍋組総本部に乗り込んだのは、ほかでもない氷川である。ヤクザのような男しかいなかったから困惑したが、眞鍋組総本部だから至極当然だ。今では海坊主やプロレスラーのようなヤクザを見ても戸惑ったりはしない。ヤクザを見慣れたせいか、不良じみた少年を見ても反応しなくなった。

氷川は過去に思いを馳《は》せながら、ぶらぶらと病棟内を歩く。

清和が二代目組長の座から引《ひ》き摺《ず》り下ろされる前、人通りの少ない階段で警察のキャリアである二階堂正道《にかいどうまさみち》から忠告を受けた。今日もフラリと二階堂が現れるような気がしてならない。

僕の願望だ、正道くんはもう僕には何も教えてくれないだろう、と氷川は自分で自分を嘲笑《あざわら》った。

渡り廊下では名取グループの秋信《あきのぶ》社長の命を受けた輩《やから》に拉致《らち》されたこともある。けれど、今現在、清和に捨てられた情婦にはなんの価値もなく、わざわざ手間暇かけて攫《さら》う必要はない。

黄昏色《たそがれいろ》に染まった渡り廊下で氷川は大きな溜め息をついた。この場で京介《きょうすけ》やショウと会ったこともある。

茂みの中から今にもショウが飛びだしてきそうな気がした。木々の間に清和の姿を見つけ、氷川は駆け寄ろうとした。

言うまでもなく、氷川の目の錯覚であり、木々の間には冷たい風がふいているだけだ。

僕はこんなに弱かったのか、養父母の家を出てからずっとひとりでやってきたのに、誰にも頼らなかったのに、いつの間にこんなに情けない人間になったんだ、こんなんじゃ清和くんの足を引っ張ってしまう、と氷川は自嘲気味《じちょうぎみ》に口元を歪《ゆが》めた。

たとえ、清和と京子《きょうこ》が本当にヨリを戻しても怒ったりしない。若いふたりの門出を祝福してあげよう。身を引くことも清和に対する愛の証《あかし》だ。きっと、一生分の幸せを清和の元で味わった。

清和くんの幸せが僕の幸せ、と氷川は清和に対する想《おも》いを心の深淵《しんえん》に沈め、白衣の裾《すそ》を靡《なび》かせながら医局に戻った。

その後、疲労で倒れた小児科医の安孫子の診察をし、氷川は病院に泊まり込むことを決めた。なんのことはない、安孫子の代わりに当直を引き受けたのだ。ひっきりなしに運ばれてくる救急患者のおかげで、氷川は清和を思って泣かずにすんだ。清和がヤクザであるように、氷川は人の命を預かる医師だ。

明和病院の夜は静かに更けていく。

当直明けの火曜日、氷川はせわしない外来診察をこなした。日常業務も冷静にひとつずつこなす。上品な老婦人はお約束のように嫁の愚痴を零し、矍鑠《かくしゃく》とした老人は息子夫婦の文句を延々語り続ける。

拍子抜けするぐらい病院内にはなんの異変も感じられない。氷川は妙な感覚に陥《おちい》ったままだ。

「氷川先生、今夜の当直を代わります。倒れて申し訳ありませんでした」

小児科医の安孫子が死人のような顔で申し出るが、今夜も当直の氷川は医師の顔で却下した。元々のローテーションで今夜の当直だったのだ。

「安孫子先生、今夜はちゃんと自宅に帰って寝てください。まだ無理ができる状態ではありません」

氷川は安孫子のげっそりとやつれ果てた頬や額に手を当てる。安孫子は点滴と薬で今日の外来診察を乗り切ったようだが、小児科医の仕事はきりがないし、精神的苦痛は計りしれない。

「ですが……」

安孫子は自分が原因で氷川が二日連続の当直になることに良心が苛《さいな》まれている。生真面目すぎる男だからこそだ。

「君は二度と倒れないように気をつけてください。僕も体調を崩さないように気をつけますから」

氷川が先輩医師として見据えると、安孫子は恐縮したようにお辞儀をした。

その後もこれといってなんの変化もない病院の日常だった。眞鍋組関係者も名取グループ関係者も情報屋の木蓮《もくれん》も現れなかった。

6

当直明けの水曜日、氷川《ひかわ》は悲鳴が飛び交う外来診察をこなした。どういうわけか嘔吐《おうと》を伴う風邪患者《かぜかんじゃ》が続き、看護師は診察室で駆けずり回っている。クリスマスの予定を楽しそうに語る常連患者も少なくはない。近場の海外でクリスマスを過ごす常連患者もいた。

氷川は清和《せいわ》と過ごすクリスマスを楽しみにしていたが、今年も例年と同じように仕事一色の夜になるのかもしれない。

楽しいクリスマスどころか、仕事をリストラされて体調を崩した男性患者が、やたらと目につく。

僕はこの不景気に仕事があるだけマシだ、医者になってよかった、と氷川は自分で自分に言い聞かせた。

息をつく間もない外来診察を終え、氷川は遅い昼食を摂《と》るために食堂に向かう。外来棟も食堂も長閑《のどか》になりかけた時間帯だ。

氷川が日替わり定食を注文すると、窓際《まどぎわ》のテーブルにいる外科医の深津《ふかつ》が手を高く上げた。爽《さわ》やかな二枚目の深津は何をしてもサマになる。

深津の誘いを無視するわけにはいかない。氷川は日替わり定食を載せたトレーを持ち、深津がいる窓際のテーブルに近づいた。

「氷川先生、話があるんだ」

深津は意味深に微笑《ほほえ》み、氷川に着席を促した。

「深津先生、アッペのお話ならば辞退します」

深津に話があると切りだされたら、氷川の脳裏にはアッペこと盲腸の手術しか思い浮かばない。切らなくてもいいのに切って切って切りまくって腕を上げた『切り魔』こと深津に、氷川は盲腸を狙《ねら》われている。

「氷川先生のアッペは俺のものだと信じている。氷川先生の彼女のアッペも俺のものだと信じている」

深津はトンカツを箸《はし》で挟みながら力強く宣言したが、氷川はきょとんとした面持ちで切り返した。

「僕の彼女？」

「一昨日《おととい》、医局で彼女の話をしたのは誰ですか？」

深津に指摘された通り、一昨日、外科部長に不倫相手を押しつけられそうになり、氷川は大嘘《おおうそ》をついて逃げた。

「僕です」

氷川は胸を張って言うと、油揚げと豆腐の味噌汁《みそしる》に口をつけた。探るような深津の視線をひしひしと感じる。

「……本当に彼女ができたんですか?」

聡《さと》い深津は騙《だま》せないだろうし、わざわざここで嘘に嘘を重ねる必要もないだろう。氷川は箸を持ったまま、茶目っ気たっぷりに右目をつぶった。

「彼女ができたことにしておいてください」

「やっぱり、外科部長用の嘘ですか」

深津はあっけらかんと言うと、トンカツを口に放り込む。

「外科部長に不倫相手を回されそうになるの、何度目か忘れました」

七回目までは覚えていたが、すでにもうそれさえ曖昧《あいまい》だ。氷川自身、記憶力はいいほうなのだが、外科部長の女性に関しては何かのスイッチが作動するのかもしれない。

「俺は三回目までは覚えている」

若手外科医は外科部長から真っ先に用済みになった遊び相手を押しつけられる。もっとも、外科部長から回された女性と嬉々《きき》として遊ぶ若手外科医も少なくはない。

「三回目までですか?　僕は七回目までは覚えています」

「凄《すご》い、俺は三人でキレた。外科部長のお古をもらってどうするんだ?　遊ぶのならば後腐れがない女がいい」

深津には深津のポリシーがあるらしいが、決して褒められたものではない。

「外科部長から回された女性と楽しんだ医者も多いし……また回したそうですが……」

外科部長だけでなく女癖が悪い医師は星の数ほどいるが、誰も弄《もてあそ》んで捨てた女性の気持ちは考えていない。命のない人形か何かのようにしか思っていないのだろうか。

清和も多くの女性と楽しんだらしいが、氷川と再会してからは慎んでくれた。『俺は先生しか抱かない』と宣言して。

「いつまで女は医者のたらい回しに我慢するのかな？　そのうち爆発するぜ？　ババ抜きになっている」

用済みになった女性を回し合う様子を、深津はトランプのゲームに喩《たと》えた。

「ババ抜き？」

「ああ、思い通りになるとナメていた女のほうが荒れると凄いんだ。金でカタがつくと思っていた女が執念深かったり」

深津と女性の話をしていると、いやでも京子《きょうこ》を思いだしてしまう。清和は破格の手切れ金を出したが、京子は納得していなかった。世の中には金で解決できない感情や問題が少なくはない。

「深津先生、詳しいですね？　身に覚えがあるんですか？」

「俺？　俺にそんな暇があるかっ」

嘆かわしいことに、各地で飲酒運転による事故が多発している。明和《めいわ》病院にも急患で飲酒運転による被害者が搬送されてきた。外科医である深津の負担は大きく、涼やかな目の下は黒ずんでいる。

「確かに、僕も女性に費やす時間はありません」

どうして自分が女性に興味が持てないのか、悩んだ時期もあったが、清和と再会してからは納得していた。清和と愛し合うために女性に興味が持てなかったのだ、と。

「外科部長のように睡眠時間を削ってまで女遊びはできない」

「僕もです」

氷川と深津はどちらからともなく微笑むと、目の前にある食事に箸を伸ばした。さっさと平らげないと、いつ呼びだされるかわからない。

案の定、深津はサービスのコーヒーを飲む前に病棟から呼びだされ、勢いよく駆けだしていった。

氷川も食堂から出て病棟に向かい、担当患者を診《み》て回《まわ》った。

「クリスマス商戦が……」

一年で最も大切なクリスマス商戦を病院で過ごすことになったゲーム会社の社員は、氷川の前でがっくりと肩を落とす。

「来年もクリスマス商戦はあります」

「氷川先生、俺は来年のクリスマスはリストラされて失業中かもしれません。うちも苦しいんです」

　昨今、入院中の患者の常套句《じょうとうく》が、ゲーム会社の社員の口からもお約束のように出る。氷川も慣れたもので慌てたりはしない。

「悪いことを考えているとますます入院が延びます。いいことを考えてください」

「氷川先生、俺を養ってくれますか？」

　予想だにしていなかった質問に虚を衝《つ》かれ、氷川は綺麗《きれい》な目を大きく瞠《みは》った。

「……考えておきます」

　氷川が医師としての責任感で返事をすると、ゲーム会社の社員は安心したように胸を撫《な》で下《お》ろした。

「リストラされたら氷川先生のヒモにしてください」

　ゲーム会社の社員の言葉に受けたのか、隣のベッドで寝ていた中年の男性患者が掠《かす》れた声で笑いながら続けた。

「私はリストラされたら氷川先生の嫁にしてください」

　中年の男性患者の次は結婚したばかりの公務員が泣きそうな声で言った。

「この様子だと僕は妻に捨てられるかもしれません。妻に捨てられたら、僕の嫁さんになってください」

　氷川はヒモにも嫁にも狼狽《ろうばい》したりせず、余裕の態度でサラリと流した。入院中に精神的に脆《もろ》くなるケースは多く、冗談でも言わないと安静にしていられないのだろう。氷川を話題に入院患者たちの間に妙な連帯感が生まれたようだ。

氷川は苦笑を浮かべて、大部屋を後にした。

すべての担当患者を診て回った後、腕時計で時間を確かめたら夕方の六時を軽く過ぎていた。総合受付の奥にあるカルテ室に向かうために階段を下りていると、背後から軽快な足音が聞こえてきた。一概には言えないが、病人の足音とは思えない。

「先生、先生、こっちを見て」

僕のことか、と氷川が振り向くと、金髪の外国人が近寄ってきた。薄手の半袖《はんそで》シャツにジーンズという姿だ。

「……君？」

確か、藤堂《とうどう》が連れていたロシアン・マフィアのイジオットの幹部のひとりだ。金髪の美青年と銀色に近い金髪の美青年がいた。祐《たすく》は桐嶋《きりしま》との電話で『ニコライ』と『ウラジーミル』という名前を口にしていたはずだ。改めて見ても、祐が称したように、ファッションモデルのようなルックスである。

「僕はニコライ、よろしくね」

金髪の美青年は快闊《かいかつ》に名乗り、氷川に握手を求めてきた。白くて大きな右手が差しだされる。

「日本語が上手ですね」

ロシアン・マフィアの登場など、赤信号の点滅にほかならない。氷川は握手に応じず、階段を下りだした。

「氷川諒一《りょういち》先生に会いたくて日本語を勉強したんだよ。これからは諒一って呼ぶね」

ニコライは人懐《ひとなつ》っこい笑顔を浮かべ、氷川の手を強引に握った。ぶんぶん、と握った氷川の手を振り回す。

もちろん、氷川はニコライが何を言ったのか理解できなかった。

「……は？」

氷川が怪訝《けげん》な目で聞き返すと、ニコライは興奮気味に語った。

「諒一に会うために日本に来たの」

「ロシアン・マフィアと関《かか》わりたくありません。僕は一般人です」

氷川は一般社会で生きる医師であるし、清和には捨てられたことになっている。藤堂とどんな関係を構築しているのか不明だが、氷川はすでに眞鍋《まなべ》組の二代目姐《にだいめあね》でもなければ二代目組長の愛人でもない。そもそも清和が無事に二代目組長に返り咲いたのか、それすらも氷川は知らない。

祐からは清和や眞鍋組に関してなんの連絡もなかったし、氷川もあえて何も問い合わせなかった。

氷川

「僕と一緒にロシアに行こうね。ふたりだけの愛の物語を綴《つづ》るんだ」

目を閉じていると日本人が喋《しゃべ》っているとしか思えないぐらい流暢《りゅうちょう》な日本語だが、ひょっとしたら、ニコライはヒアリングはできないのかもしれない。

「僕の言っている言葉が理解できないのですか？」

氷川が明瞭《めいりょう》な声でゆっくり言うと、ニコライはだらしなく頬《ほお》を緩めた。

「うん？　僕と諒一はロシアで幸せになるんだよ。いっぱい愛してあげるからね」

漠然とロシアには冷たいイメージがあるが、ニコライには太陽の光がさんさんと降り注いでいるような気がしないでもない。清和やリキのほうが凍《い》てつく冬の雪を連想させる容《よう》貌《ぼう》を持っている。

「もうお帰りなさい」

氷川は宥《なだ》めるようにニコライの逞《たくま》しい肩を軽く叩《たた》いた。

「僕は諒一を連れていく。今、横浜《よこはま》のホテルに泊まっているんだ。横浜中華街で中国料理を食べて、ホテルのバーでウオッカを飲んでから、部屋でセックスしようね。楽しみだな。こんなに興奮するのは久しぶりだよ」

ニコライは氷川の手を取り、音を立てて口づける。

ロシアのキザ男の所業に仰天したが、氷川は固まったりせず、キスを受けた手を引いた。

「ここは日本です。こういうことをしてはいけません」

「うん、キスもセックスも部屋でする。早く行こう」

ニコライに肩を抱かれ、氷川は上体を逸《そ》らした。

「待ちなさい、僕は仕事中です」

「仕事はしなくてもいい。僕がお金をたくさんあげる。マンションもお城もクルーザーも飛行機もヘリもビルもカジノもあげる」

不景気で沈没しそうな日本列島において、奇跡のような豪勢な口説き文句だ。氷川が皮肉を飛ばそうとした時、カルテを持った女性看護師が階段を上ってきた。当然、女性看護師の視線は金髪の美青年に注がれる。

一目でニコライに心を奪われたらしいが、女性看護師は氷川に会釈をしながら階段を上っていった。

国籍も年代も職種もさまざまな人間が出入りする場所ゆえ、ニコライと氷川が話しこんでいても不思議ではないかもしれない。しかし、ニコライのように目立つ存在は噂《うわさ》の的《まと》になるだろう。時に噂は噂を呼び、思いも寄らない方向に突き進む。

一刻も早くニコライを職場から帰さなければならない、と氷川はニコライを真剣な目で睨んだ。

「ニコライ、君もロシアン・マフィアならば一般人の世界で目立ってはいけません。仲間のところに戻りなさい。藤堂さんはどうされました?」

藤堂さんは何をしているのか、こんな危険な男を病院に送り込むな、最低のセオリーは守りなさい、と氷川は心の中で紳士然とした藤堂を罵《ののし》った。

「仲間? 藤堂? 藤堂は仕事人間で全然遊ばないいんだ。ウラジーミルは藤堂にくっついている。僕はひとりでつまらない」

察するに、ウラジーミルとは船内のカウンターに一緒にいた銀色に近い金髪の美青年だろう。ウラジーミルはロシアン・マフィアらしくというか、藤堂と一緒に東京の闇社会《やみしゃかい》を泳ぎ回っているようだ。なぜ、ニコライがここにいるのか、氷川は理解に苦しむ。

「ニコライ、君も藤堂さんやウラジーミルくんのところに行きなさい。ここはロシアン・マフィアがいるところではありません」

氷川は人差し指を立てて、ニコライを諭そうとした。

「日本の大和撫子《やまとなでしこ》はすっごく優しいって聞いたのに、なんでそんなつれないことを言うの?」

ニコライが子供のように唇を尖《とが》らせ、大和撫子幻想を壊した氷川を非難した。

「僕は大和撫子じゃないから」

氷川は今までに大和撫子と称された過去は一度もなく、眞鍋組においては核弾頭と渾名《あだな》されている。そもそも、男である氷川に対する呼称ではない。

「日本人形みたいに可愛《かわい》い。男だって聞いたけど男に見えないし、僕より年上にも見えない。忍法・若返りの術、とかを使っているの？」

ニコライに抱き締められそうになり、氷川は後ろに飛び跳ね、階段から転げ落ちそうになる。

「……あっ」

とてもじゃないが、忍法なる術を使う者の動作ではない。

「僕の可愛い日本人形、落ちちゃ駄目だよ」

ニコライの逞しい腕に抱き寄せられ、氷川は踊り場に踏《ふ》み留《とど》まった。清和より上背が遥《はる》かにあり、広い肩や胸板の筋肉のつき方も半端ではない。まるでハリウッド映画に登場するアクション俳優だ。いやでも体格の違いを実感する。

「落ちるようなことをしないでください」

「早く一緒に寿司を食べよう。キスもしたい」

ニコライの唇が接近してきたので、氷川は渾身《こんしん》の力を込めて右手を振り回した。運よく、ニコライの頭部にヒットする。

「どうして僕とキスしないの？」

聞き分けのない子供に氷川の堪忍袋の緒が切れそうだが、激昂《げっこう》しても体力の無駄使いになりかねない。

「僕は君の遊び相手になるつもりはない」

「遊び相手じゃない。恋人にしてあげるよ。たくさん愛してあげるから諒一は幸せになるよ。祐より僕の恋人になるほうが幸せ。諒一は僕の恋人になったの。日本とロシアの友好だよ」

スマートな策士の名前が出たので、氷川は探るような目でニコライを見つめた。ロシアン・マフィアはどこまで摑《つか》んでいるのか、と。

「僕の恋人が祐くんだって知っているの？」

祐とロシアン・マフィアがどんな関係を結んでいるのか、藤堂はどうなっているのか、知る必要はないと思いつつも、どうしたって気になってしまう。

「清和が諒一を部下の祐にプレゼントしたの。僕が欲しかったのにくれなかったの。藤堂も欲しがったけどもらえなかったの」

ケチ、とニコライは悔しそうに彫刻のように整った顔を歪《ゆが》める。たぶん、黙っていたほうが女性にはモテるだろう。

「藤堂さんも僕を？」

「藤堂は桐嶋を愛していると思ったけど、諒一も欲しいみたい。欲張りな男だね」

ニコライの口ぶりから察するに、だいぶ藤堂と仲がいいようだ。相性がいいようには見えないが、意外にも気が合うのかもしれない。

「藤堂とはロシアで知り合ったの？」

「藤堂の叔父さんがピアニストでロシアにいたんだよ。藤堂もピアノが上手だよ。彼のラフマニノフは特にいい」

藤堂の本籍地は関西屈指の高級住宅街である芦屋《あしや》の六麓荘《ろくろくそう》であり、父親は貿易会社を経営する地元の名士だった。母親は元華族出身で、本来ならば藤堂は刺青《いれずみ》を背中に彫るような男ではない。記憶が正しければ、母方の叔父には世界的なピアニストがいた。

「藤堂さんの叔父さんはマフィアとは無関係でしょう？」

藤堂組を解散させた後、藤堂はピアニストの叔父を頼ってロシアに渡ったのか、氷川の脳裏に浮かんだ世界地図が線で結ばれる。だが、世界を股《また》にかけて活躍するピアニストと巨悪のロシアン・マフィアが繫《つな》がらない。

「諒一、ヤクザもいろいろマフィアもいろいろロシアン・マフィアもいろいろ、いっぱいいるの。日本と同じように犯罪マフィアもいるし、経済マフィアもいるの。うちは合法的なマフィアだよ」

ニコライの緑色の目がキラキラ輝くが、氷川は白々しくてたまらなかった。日本の暴力団のように一般社会に巧妙に潜り込んでいたり、会社の形態を取ったりしているかもしれないが、所詮《しょせん》マフィアはマフィアだ。

「合法的なマフィアなんてないと思う。……つまり、会社経営を主にしているロシアン・

マフィアなのかな?」

「うん、会社をたくさん持っている。東京にも横浜にも浦安《うらやす》にも支店を出したい。でも、関東の大親分が意地悪する」

ニコライが示唆する関東の大親分とは、関東一円に影響力を持ち、暴力団の共存を掲げている、竜仁会《りゅうじんかい》の会長の竜仁昌造《しょうぞう》だろう。眞鍋組が藤堂組と熾烈《しれつ》な争いを繰り広げていた時、氷川も清和とともに会った記憶がある。

「関東の大親分? その大親分に進出を阻《はば》まれるなら、やっぱり危険なマフィアなんだね。日本を食《く》い潰《つぶ》す気?」

常々、昔気質《むかしかたぎ》の極道が口にする懸念を、氷川はニコライにストレートにぶつけた。ロシアと日本ではすべてにおいてスケールが違いすぎる。

「僕は日本と仲良くしたいだけだよ。ロシア人は日本が大好きなんだよ。雪でロシア車は止まっても日本車は動いているの。どうしてわかってくれないの?」

ニコライの言葉が妙に引っかかり、氷川は真顔で考え込んでしまった。ロシアに関する知識はないが、常識的に考えてありえないだろう。

「……日本車が動いているのにロシアの車がどうして止まるの? ロシアの車だからロシアの気候に合わせて作るのでしょう?」

「ロシアはそういう国なの。だから、僕と一緒にロシアに住んでね。ロシア料理はピロシキとボルシチだけじゃないよ。藤堂はウハーやガルショーク・ス・グリバーミが好きだよ。あ、ウハーは魚のスープでガルショーク・ス・グリバーミはつぼ焼きだよ。きっと諒一も気に入るよ。藤堂はエルミタージュ美術館が好きで通いつめている」

まともに話し合うだけ時間の無駄であるし、精神的にも肉体的にも疲弊するだけだ。けれど、何をどう言っても帰る気配がない。

氷川はタイのマフィア・ルアンガイのボスの息子に口説かれた時のことを思い出した。彼らには日本人とは異質のしぶとさとしつこさがあった。海外で日本の企業戦士や官僚が無残な敗北を喫する理由がわかったような気がした。

僕には彼に言葉で勝つのは無理だ、逆立ちしても無理だ、モンスター患者を相手にするのとはまた違う、と氷川は心の中で白旗を掲げ、転げ落ちないように注意深く階段を下りる。もちろん、ニコライは軽快な足取りで後から続く。

「諒一は写真で見たより綺麗で嬉《うれ》しかった。僕の大和撫子にするって決めたんだ」

ニコライは完全に氷川本人の意思を無視していたが、それについてはなんら引っかかっていないらしい。よほど自分に自信があるのか、氷川を誤解しているのかは、定かではないが。

「誰に僕の写真を見せてもらったんですか？」

「藤堂が諒一の写真を持っていたんだよ。その時、諒一は清和の花嫁だから手を出したら戦争になると止められた。本当はすぐ諒一のところに行きたかった」

「藤堂とニコライはどんな仕事をしているの？」

氷川は声のトーンを抑えつつ、隣に並ぶニコライに尋ねた。

廊下を進む内科医と金髪美形の組み合わせに、総務部の女性スタッフたちは頰を赤らめている。ワゴンを押していた看護助手も、ニコライにまじまじと見惚《みと》れた。

「藤堂は一日中、部屋に閉じこもってパソコンを触っている。ああいうの、ひきこもり、って言うんだよね？」

ニコライは周囲の視線など、まったく意に介さず、氷川の肩を抱きたがった。

職場で白衣姿の氷川が、ニコライに肩を抱かれるわけにはいかない。氷川はニコライの手から逃げつつ、足早に白い廊下を突き進む。

「ひきこもり……藤堂さんは違うと思うけど……」

「僕はウラジーミルと一緒にロシアにいる。たまにイタリアやフランスに行く。ヨーロッパは不況で稼ぎにならない。日本のほうがまだＯＫ」

「景気のいい国はほかにあります。発展中の国のほうが稼げますよ」

少子化にデフレに増税、日本に見切りをつけて海外に活路を見出す企業は増えるいっぽうだ。名取《なとり》不動産の秋信《あきのぶ》社長は中国に利益を求めて乗り込んだものの、反対に進退に関わるほどの莫大《ばくだい》な損失を出してしまった。誰もが責任をなすりつけ合い、結果、粉飾決算という最も愚かな道を選んだのだ。当初の予定通り、秋信社長は京子から眞鍋組の資金を調達できたのだろうか。

「中国やインドのほうが稼げるけど、諒一がいないから駄目だよ。僕は諒一と一緒にサルのいる温泉に浸《つ》かりたい」

もうどこをどう突っ込んでいいのか、氷川はまったく見当もつかない。とりあえず、畏《い》怖《ふ》の対象のひとつであったロシアン・マフィアのメンバーがこういう男だとは意外すぎた。こんな性格でマフィア稼業ができるのか、氷川は素朴な疑問を抱いてしまう。

「ニコライ、どうしてマフィアになったの？」

「パパがマフィアだったの」

ロシアのマフィアの世界でも世襲があるのか、と氷川は妙なところで納得してしまう。マフィアと経済の発展はセットであり、どちらが欠けても失敗すると、氷川はどこかで耳にした記憶がある。ソビエト連邦が解体された時から、ロシアン・マフィアの台頭が著《いちじる》しかったとも聞いた。

「まさか、ニコライのお父さんはロシアン・マフィアのイジオットのトップ？」

祐はニコライについてイジオットの幹部だと言っていたはずだ。氷川は直感でニコライの父がイジオット内で権力を誇る男だと思った。

「イジオットのトップはウラジーミルのパパだよ。うちのパパはウラジーミルのパパの弟なんだ」

眞鍋のシマを本気で狙うつもりか、東京を狙っているのか、日本全域に食い込もうとしているのか、ほんの小遣い稼ぎか、単なる暇つぶしか、今回、藤堂にはイジオットのボス兄弟の息子たちが同行しているが、それがどういう意味を持つのか、氷川には判断がつかない。

「マフィアのお坊ちゃまか……」

氷川は独り言のようにボソリと呟《つぶや》くと、ロッカールームのドアを開けた。運よく、ほかに誰もいない。

「諒一、誰もいないよ。キスしていいね」

無人のロッカールームで何を思ったのか、ニコライは興奮して氷川に襲いかかろうとした。

「ニコライ、ちょっと待ちなさい」

氷川はひょいと身体《からだ》を逸らし、携帯電話で祐に連絡を入れる。コール一回目で祐は応対してくれた。

『姐さん、どうされました？』

「ニコライが病院にいる。ロシアと日本の友好のために僕はニコライのものになったほうがいいと」

氷川は皮肉を込めて言うと、祐の冷徹な声が返った。

『ニコライに替わってください』

氷川が携帯電話を差しだすと、ニコライは緑色の目を輝かせて受け取った。

「祐、諒一は僕がもらうよ。諒一の代わりにロシア人のダンサーを一ダースあげるよ。カジノもつける……え？　じゃあ、油田もあげるからそれでいいね……駄目、僕が諒一をもらうの。僕の大和撫子なんだよ……そんな意地悪を言う奴《やつ》の家にはミグで突っ込むよ。僕と仲良くしたほうがいいよ」

ニコライがまくし立てていると、ロッカールームのドアが静かに開き、スタッフに変装したイワシとシマアジが入ってきた。

諜報部隊《ちょうほうぶたい》のふたりは氷川に一礼すると、ニコライを左右から羽交《はが》い締《じ》めにする。

「ニコライ、ウラジーミルがお呼びです。行きますよ」

イワシが事務的に言うと、ニコライは長い足をバタつかせた。

「これから僕は諒一とデートするの。誰にも邪魔させないよ。なんのために日本に来たと思っているの？」

「日本のアニメとマンガを堪能《たんのう》しにいらしたと思っていました」

イワシとシマアジは渾身《こんしん》の力を振り絞り、ロシアの白クマならぬ長身のニコライを引《ひ》き摺《ず》っていく。

ニコライの手から落ちた氷川の携帯電話がロッカールームの床に残された。まだ祐の携帯電話と繋がっている。

「祐くん、どういうこと？」

氷川の声以上に祐の声音は冷たかった。

『姐さん、それは俺のセリフです。ニコライに色気を振りまかないでください』

「僕は色気を振りまいたつもりはない。今日、いきなり、ニコライが押しかけてきたんだ。藤堂さんから僕の写真を見せられたとか、大和撫子だとかなんだとか言って……」

『今、ロシアのイジオットを怒らせるわけにはいきません。今日はそのままおとなしくうちに帰ってください』

祐はいろいろと文句を連ねたいらしいがぐっと堪《こら》えたようだ。携帯電話の向こう側から低い怒鳴り声が聞こえてくる。清和やリキの声ではないが、熾烈な現場だと容易に察せられた。

「わかった」

『姐さん、イワシの車で帰ってください。満員電車で痴漢に遭っている場合ではありませんよ』

携帯電話越しに聞こえてくる祐の声は、これ以上ないというくらい刺々《とげとげ》しかった。

「……満員電車で痴漢？　……あ、昨日じゃない一昨日の出勤中のあれは痴漢だったの？」

　月曜日、久しぶりの満員電車で体験した違和感を思い出し、氷川は長い睫《まつげ》に縁取られた目を揺らした。

『痴漢だと気づいていなかったのですか？　鈍いのにも限度があるでしょう？』

　レイプされなきゃ気づかないいんですかっ、と祐は一方的に氷川を非難した。スマートな策士の余裕がまるでない。

「あの、一昨日も僕に誰かガードがついていたの？」

『姐さんからガードを外すわけがない。藤堂も姐さんを欲しがっているから気をつけてください』

　今でも氷川は眞鍋組危険人物ランキングのトップの座に君臨しているらしい。時間があれば、誤解を解きたいところだ。

「藤堂さんは桐嶋さんになんとかしてもらおう。たぶん、桐嶋さんしか藤堂さんを抑え込めないと思う」

『桐嶋組長、自分のシマを開けっ放しにしてロシア料理の食べ歩きです。太ったそうですよ』

　単細胞のアメーバは死なないとわからないのか、という祐の怨念《おんねん》が込められたような声が伝わってきた。

「桐嶋さんはまだ藤堂さんと会っていないの？　藤堂さんは桐嶋さんを助けるために佐和《さわ》姐さんに連絡を入れたんでしょう？」

藤堂が桐嶋の前に姿を現さないのが、氷川は不思議でならない。桐嶋が躍起になって捜しているのだから、そろそろ顔を見せてもいい頃だ。いや、桐嶋が何かしでかす前に藤堂には登場してほしい。

『姐さん、詳しい話はまた後でお願いします。ひとまず、イワシの車で帰ってください』

「わかった」

氷川は話を終えて携帯電話を切ると、自分のロッカーを開けて白衣を脱ぐ。盗聴器や盗撮器が仕かけられている気配はない。

通勤用の鞄《かばん》を手にすると、氷川はロッカールームを後にした。

待ち合わせ場所に向かうと、白いレクサスの前にイワシが立っている。氷川の姿を見た途端、恭《うやうや》しくお辞儀をした。

「お疲れ様です」

イワシの手によって後部座席のドアが開けられ、氷川は目下の懸念を尋ねながら乗り込んだ。

「イワシくん、ニコライは？」

「ウラジーミルの部下に渡しました。秋葉原《あきはばら》に繰りだしたと思うのですが」

ニコライを抑え込むことがよほど大変だったのか、イワシの頬がヒクヒクと引《ひ》き攣《つ》っている。

「秋葉原？」

「ニコライは日本のマンガやアニメで日本語を覚えたそうです」

イワシは素早い動作で運転席に座ると、周囲を窺《うかが》うように見回してからシートベルトを締める。

「……ん、ロシアン・マフィアが……ロシアン・マフィアのトップの甥《おい》っ子《こ》がマンガやアニメ？」

「姐さん、出します」

イワシは一声かけてから、アクセルを踏んで発車させた。

氷川を乗せた白いレクサスは黄昏色《たそがれいろ》に染まった高級住宅街を下りていく。前方からSクラスのメルセデス・ベンツが走ってくるが、眞鍋組関係者が乗車しているわけではないだろう。

清和を思うと涙腺《るいせん》が緩むので、何も問わないつもりだったが、無意識のうちに氷川の唇は動いていた。

「イワシくん、あのニコライはいったい何?」

氷川の言い草に思うところがあったのか、イワシはハンドルを握ったまま苦笑を漏らした。

「典型的なスラブ美人……じゃなくて、典型的なスラブ美形ですが、中身はどうもコサック色が強いのかもしれません。ああ見えてカジノ経営では大きな数字を叩きだしています」

ほかの新興勢力が経済危機の荒波に攫《さら》われても、ニコライは巧みな舵取《かじと》りで生き延びているという。決して父親や伯父の七光りで遊んでいる馬鹿坊《ばかぼう》やではない。

「優秀なマフィアなの?」

「仕事に関しては優秀ですがプライベートが芳《かんば》しくない。商品であるダンサーやストリッパーに手をつけて、ボロボロにした挙げ句、ボロ雑巾《ぞうきん》のように捨てています」

絶世の美女の原産地ともロシアは目されているが、ご多分に洩《も》れず、ロシアン・マフィアのイジオットも女性を商品として扱い、ニコライは勝手に手を出して弄んでいる。

「ニコライは男が好きな男じゃないね?」

どこがどうとは明言できないが、ニコライに同性愛嗜好《どうせいあいしこう》があるとは思えなかった。

「女好きだと思っていたのですが? サメさんの調査にもそんなことは一言もありません

でした」

ニコライが氷川に迫ったので、イワシは困惑しているようだ。ニコライが同性である男を口説いた形跡は一度もないという。

「サメくん、見落としたの？」

「……ま、姐さんに一目惚《ひとめぼ》れしたのかもしれませんが」

一概には言えないが、日本において欧米人は、目が大きくて彫りが深い美人より、どこか寂しそうな容貌に異国的な魅力を感じるらしい。日本人形のような氷川の顔立ちや雰囲気は、欧米人の東洋趣味を満足させるものなのだろう。

「あれは一目惚れされたとは思えない。もう、なんていうか、ロシアの白クマに襲われたっていうか……ニコライは白クマじゃないけど……ロシアの吹雪っていうか……」

氷川の言葉にできない表現をイワシはきちんと汲《く》み取《と》っていた。

「冬将軍を背負った男、とニコライとウラジーミルはどちらも呼ばれています。相乗効果でさらにグレードアップするんですよ」

「ハタ迷惑な話だね。どうして藤堂さんはあんな男と……」

藤堂の欠点は共闘する相手を見極めないところかもしれない。かつて藤堂は自分が仕える組長を間違えてしまった。どんなに藤堂が尽くしても、親である組長の度量が狭ければ無駄だ。

「藤堂にしてみれば与《くみ》しやすい相手なのかもしれません」

「……せ……じゃなくて」

清和に言及しようとした自分に気づき、氷川は慌てて言葉を引っ込めた。歩道を足早に歩くサラリーマンを眺めつつ、氷川は最大の懸念を口にした。

「杏奈《あんな》さんと裕也《ゆうや》くんは見つかったの？」

人質さえ救出したら、後はどうにでもなる。氷川が沈痛な面持ちで聞くと、イワシは苦しそうにハンドルを右に切った。

「まだです。もう少し待ってください」

「まだ？　清和くんが京子さんとヨリを戻して……なんのために復縁したの？　佐和姐さんはまだ聞きだしてくれないの？」

氷川は佐和の口利《くちき》きで清和と京子は復縁したものだとばかり思い込んでいた。すべてが迅速に動いているから、日曜日のうちに佐和や清和は動いていると踏んでいたのだ。

「加藤《かとう》が何か察したのか、京子が佐和姐さんの言葉を信じないのか、未《いま》だに三代目組長は加藤であり、三代目姐は京子です」

突然、清和が眞鍋組総本部に乗り込むわけにもいかず、まずは佐和が京子に話を持ちかけたという。

清和は深く後悔していると、最近では氷川に対する愛情が薄れ、京子への想《おも》いを募らせていたと、京子と再会して自分の気持ちを確認したと、氷川を捨てたと、京子の許しをひたすら待っていると、佐和は切々と京子に語ったそうだ。

京子はまんざらでもない様子で聞き入っていたらしいが、曖昧《あいまい》な返事を繰り返すだけで、加藤と別れて清和と復縁すると口にしなかった。

元々、京子が加藤を愛するなんてことは、カラスが海中で泳ぐようになってもない。おそらく、聡《さと》い京子は警戒心を抱いているのだろう。

「……いったい？　のんびりしすぎじゃない？」

京子に二の足を踏まれるなど、佐和は予想していなかったはずだ。氷川も京子は二つ返事で清和の元に戻ると踏んでいた。

「メギツネと言ってしまえばそれまでですが、京子の反応は想定外です。佐和姐さんのシナリオが甘かったのかもしれませんが」

「佐和姐さんのシナリオが甘かったとは思えない」

佐和は清和の腹心たちならば絶対に書けないシナリオを完成させた。シナリオ通りに物事が進めば、流す血は少なくてすむはずだ。氷川は身を切る思いに駆られていたが、佐和のシナリオを評価している。

「祐さんもリキさんも顔には出ていませんが、だいぶイライラしています。だから、今、藤堂やニコライと揉《も》めたくはない」

ここまで赤裸々に明かしてくれるのは、イワシの誠実さであり、ニコライに狙われた氷川への注意でもあった。

「ショウくんや京介《きょうすけ》くんから連絡は?」

氷川が最も頼りになる男たちの名を挙げると、イワシは腹立たしそうに赤信号でブレーキを踏んだ。

「何もないそうです」

イワシは悔しそうに答え、高速道路に入った。前方を走るダンプカーの運転が荒っぽいが、加藤派の構成員が乗車しているわけではないらしい。

「ショウくんと京介くん、何をやっているの? ショウくんのケガがひどいのかな?」

ショウや京介が動いてくれたならば、また違った展開になるはずだ。

「ショウのケガもひどいみたいですが、京介はジュリアスへの危害を気にして表立って動けません」

最後の砦《とりで》なのか、重要な拠点なのか、裏があるのかわからないが、加藤派の舎弟たちはホストクラブ・ジュリアス付近で陣取っているらしい。ナンバーワンの京介が店に現れないので、警戒を強めている気配もあるようだ。

「なんか、予想していた状況じゃない。ニコライまで出てくるし……」

横浜で別れた時からさして事態は変わっておらず、氷川はいやでも焦燥感に駆られてしまう。

「姐さんにはご迷惑をおかけしております。俺たちも必死ですから許してください」

「イワシくんも祐くんもリキくんも、誰も責めたりはしない」

「……では、姐さん、正直に答えてください。昨日、今日、気になった患者さんはいませんでしたか？」

イワシが躊躇《ためら》いがちに話題をガラリと変えたので、氷川は瞬《まばた》きを繰り返した。

「サメくんが変装した患者さんがいてもわからない。院内は不思議なくらい普段と同じ、眞鍋組の騒動が嘘みたいなんだ」

「姐さんへの敵意が逸れてくれればいいんですが」

イワシが誰に神経を尖らせているのか、氷川は確かめなくてもわかった。言わずもがな、女の自尊心を傷つけてしまった京子だ。

「まだ僕は京子さんに恨まれているの？　僕は清和くんに捨てられたことになっているんだよ」

氷川が清和に捨てられたことで京子の気は晴れたのではないのか、女としての自尊心やメンツを取り戻したのではないか、そうでなくては困る、と氷川は怪訝な目で運転席の背もたれを叩いた。

「まだ姐さんは京子さんに恨まれています」

イワシは言いにくそうに、京子の気持ちを明言した。眞鍋組の実権を握る三代目姐は勝利の美酒に酔ってはいない。

「なんで？」

「姐さんがどん底の地獄で泣く姿を見ていないからでしょう」

「清和くんに捨てられたら、それだけでどん底の地獄だ」

清和に会うために生まれてきたのに、清和がいないのならば生きている意味はない。砂を嚙《か》み続《つづ》けるような日々になってしまう。

「京子と姐さんとではどん底の地獄の定義が違う。京子は姐さんのように純粋じゃありませんから」

イワシは京子の華やかな美貌《びぼう》の裏にある陰惨さに慄《おのの》いているようだ。

「どん底の地獄の定義……わからない。僕はもう……」

「姐さんには理解できないかもしれません。祐さんが京子の情念を警戒しています」

「佐和姐さんは？」

京子に意見ができる唯一の人物に縋《すが》るしかない。

「京子の鬼が薄れた、とは言っていました。あと少しでわかり合えると」

イワシから一筋の光明を聞き、氷川はほっと胸を撫で下ろした。

「早く京子さんから鬼が消えてほしい。杏奈さんや裕也くんにはなんの罪もないんだし……橘高《きったか》さんや典子《のりこ》さんだってお気の毒だ……」

「典子姐さんの名前で呼びだしがあったらすぐに連絡をください」

氷川を罠《わな》にかけるならば、典子の名前を使うだろう。イワシに改めて注意されなくても、氷川はきちんと理解している。

「わかっています」

氷川を乗せた車は高速道路を降り、暗闇に包まれた街を走った。祐が所有している重厚なマンションが車窓に見える。

地下にある駐車場に進み、エレベーターで九階に上がった。イワシが玄関のドアを開け、氷川は促されるまま奥に進む。

「姐さん、冷蔵庫に食材を入れておきました。何か食《く》ってください」

「ありがとう」

氷川が優しい微笑を浮かべると、イワシはいきなり背筋を正した。

「俺が姐さんをお守りする予定でしたが、申し訳ないことに人手が足りません。俺はこれから名取会長をマークしに出かけます」

本来ならばずっと氷川のガードにつくべきだが、過酷を極めている諜報部隊はこれ以上メンバーをさけない。

秋信社長の母親である名取グループの会長がそろそろ動きだすのではないか、と祐やりキは予想して諜報部隊の男を張りつかせていたが、つい先ほど過労で倒れてしまったという。急遽《きゅうきょ》、イワシが名取会長のマークにつくことが決まった。

「名取会長をマーク？　ああ、必要かもしれないね……うん、必要だよね。目を離しちゃ駄目だ」

一昨日の月曜日、眞鍋組の資金が秋信社長に渡ったのならば、今日にも大損の穴を埋めているかもしれない。秋信社長の粉飾決算については名取会長も知っているらしいが、眞鍋組の資金が流れたことは気づいているのかはわからない。

「このマンションのセキュリティはしっかりしていますから、外部からの侵入は無理です。けど、マンションの住人にヤバいのがいたらわかりません。マンションの住人が誰かに買収されている可能性もある」

この世に絶対はない、と今さらレクチャーされなくても理解している。嘆かわしいが、犯罪ならばなおさらだ。

「うん、誰が訪ねてきても玄関のドアは開けない。インターホンが鳴っても応対しない」

二度と清和に似た男に惑わされたりはしない、と氷川は心の中で固く誓った。

「そうしてください」

「……あの、清和くんに似た男と香坂《こうさか》、あれはなんなの？」

関わるな、危険人物、としか祐のメールには記されていなかった。さしあたって、香坂は三代目組長である加藤より頭が回る男らしい。

「香坂は加藤に腹の中まで忠誠を誓っているわけではありません。京子に命を捧《ささ》げているわけでもないですが、京子の手腕は認めているようです」

イワシ自身、京子の周囲が正確に把握できないのか、慎重に言葉を選んでいる。どちらにせよ、今回の一連の騒動の黒幕は京子だ。

「つまり、日曜日の夜、さっそくここに香坂がやってきたのは、京子さんの命令？」

氷川を匿《かくま》ったマンションを早々につきとめられ、祐は名取グループと手を組んだ京子の機動力に感心したという。だからといって、すぐに氷川をべつの場所に移動させたりはしない。氷川が祐の所有物となった今、頻繁に移動させたらかえって怪しまれる。苦しいところだ。

「はい、佐和姐さんから話を持ちかけられ、京子が真意を確かめようとしたのでしょう。姐さんが祐さんに払い下げられたと確認したようです」

姐さんの機転のおかげで助かりました、とイワシは安堵《あんど》の息を漏らした。

「京子さん、用心深い」

氷川が素直な称賛を贈ると、イワシは苦笑を浮かべた。

「一世一代の大戦争を仕掛けたのですから用心深くもなるでしょう。とりあえず、姐さんはこの部屋でじっとしていてください。宅配便が来ても宅配ボックスがあるから応対する必要はありません」

「はい」

「加藤派の誰かが警備員に化けるケースもありますから気をつけてください。念のため、管理人や警備員のデータに目を通しておいてください」

イワシは真剣な顔でいくつもの注意をしてから去っていった。まさしく、戦地に向かう歴戦の勇士の姿だった。

7

軽い食事を作って食べてから、氷川《ひかわ》はなんの気なしにテレビの電源を入れた。不夜城で起こっているだろう抗争のニュースはまったく流れていない。バラエティ番組でロシア料理店が紹介されていたが、藤堂《とうどう》やロシアン・マフィアとは関係がないだろう。フカヒレスープが紹介されている中華料理店も、チャイニーズ・マフィアには無関係のはずだ。どんなに待っても、殺された酒井《さかい》や意識不明の重体だという吾郎《ごろう》のその後についてのニュースは流れない。

氷川はバスルームに向かうと、オレンジの入浴剤を入れた湯に浸《つ》かり、一日の疲れを流した。

白い湯気の中に精悍《せいかん》な清和《せいわ》の姿が浮かび、氷川は自分の頰《ほお》を左右の手で挟む。清和にしなだれかかる京子《きょうこ》も現れ、氷川の全身は一気に凍りつく。しかし、京子の背後には日本刀を手にした加藤《かとう》がいる。

加藤は清和の背中目がけて日本刀を振り下ろした。

「……縁起でもない……こんなことを想像するなんて……」

清和と京子の復縁がまとまったと思い込んでいたからか、なんとも言えない胸騒ぎがするのだ。香坂《こうさか》が京子の手先だとして、清和に服従する気はあるのだろうか。加藤は佐和《さわ》の計画に気づかず、眞鍋《まなべ》総本部でふんぞり返っているだけなのだろうか。

いつ、逆上した加藤が清和に総攻撃を仕掛けるかわからない。

氷川は湯を弾《はじ》くと、思い切るように立ち上がった。風呂《ふろ》から上がり、パジャマ姿でバナジウム天然水を飲む。

明日の仕事を考えた時、氷川の携帯電話の着信音が鳴り響いた。祐《たすく》からのコールなので、氷川はなんの躊躇《ためら》いもなく応対する。

「もしもし？」

『姐《あね》さん、誰が来ても絶対に玄関のドアを開けないでください。玄関のドアを開けたら姐さんの負けです。俺たちの未来はありません』

なんの挨拶《あいさつ》もなく、突然、祐は息せき切ったように語りだした。思わず、祐に似た別人かと疑ってしまった。

「うん？　わかっている」

イワシにもさんざん念を押され、氷川も胸に深く刻んでいる。重厚な玄関のドアが氷川の最後の盾だ。

『清和坊ちゃまによく似た男が現れてもドアを開けてはいけません』

今、まかり間違っても、清和がこの場を訪れることはないだろう。玄関のドアを開けてわざわざ京子の罠《わな》を招き入れる必要はない。

「わかっている。どうせ、京子さんの罠でしょう」

『玄関のドアでどんなに泣こうが喚《わめ》こうが暴れようが愛を叫ぼうが、姐さんは無視してください』

祐が執拗《しつよう》に注意すると、狙《ねら》い定《さだ》めたかのように、来客を知らせるインターホンが鳴り響いた。

「……あ、なんかの罠が来たのかな？」

氷川があっけらかんと言うと、祐の声のトーンが低くなった。

『姐さん、出ないでください』

「わかっている。確認するだけ」

氷川は携帯電話を手にしたまま、インターホンのモニター画面を見つめる。予想内というか、黒いスーツに身を包んだ清和がいた。いや、今までの成り行きからして、清和によく似た男がまた送り込まれてきたのだろう。

京子はまだ佐和の言葉を信じられないのだろうか、何を確かめたいのか、確かめるだけでは気がすまないのだろうか、清和によく似た男はヒットマンなのか、自分は殺されようとしているのか、氷川はモニター画面に映る凜々《りり》しい姿を眺めた。まさしく、生き写しのようによく似ている。

『姐さん、インターホンから離れてください。玄関のドアにも近寄らないで』

しつこく鳴り続けるインターホンに危機感を募らせたのか、携帯電話の向こう側から祐の慌てた声が聞こえてくる。

「清和くんにそっくり……前の人よりずっと似ている。よくこんなにそっくりな人を見つけられたね」

『姐さん、見惚《みと》れている場合じゃありません』

「整形でもしたのかな？」

清和によく似た男は玄関のドアを蹴《け》り飛《と》ばそうとしたが、すんでのところで思《おも》い留《とど》まった。だが、何か訴えながら玄関のドアを手で叩《たた》く。

『姐さん、気にせずに寝てください』

「このマンションの管理人室に連絡を入れてもいい？　警備員さんに引き取ってもらう」

ドアの前で粘った香坂の時は、警備員に扮《ふん》した諜《ちょう》報《ほう》部《ぶ》隊《たい》が対処してくれた。今回は本物の警備員に頼るしかないだろう。

『姐さん、それは控えてください』

確かめるまでもなく、祐は素性を明かさずにマンションを購入している。管理人や警備員にも暴力団の影は見せてはいない。

「警備員さんにチェックを入れられると困るの？」

『そんなところです。たぶん、姐さんがインターホンを無視したらそれですむと思います。耳栓でもして……耳栓なんてないか……あ、でも、姐さん、どこでも寝られるのが特技ですよね？』

「うん、僕はどこでも眠れる」

職業柄、どこであろうとも熟睡できるし、当直明けなので眠気を感じている。このままインターホンが鳴りっ放しでも、氷川は夢の国に旅立てるだろう。

『もう寝てください』

「そうだね、お休みなさい」

氷川は携帯電話の電源を切ろうとしたが、向こう側にいる祐が早口で止めた。

『姐さんが寝るまで俺がこちらからお守りします。携帯を切らないでください』

祐の切羽詰まったような指示に驚き、氷川は携帯電話を落としそうになった。

「祐くん、どうしたの？」

『今、俺と姐さんは恋人同士ですよ。僕が寝るまでこのままにして、と俺に甘く言ってください』

いったいどんな顔でほざいたのか、ぷっ、と氷川は噴きだしてしまった。祐は最も汚いシナリオを書く策士だ。

「祐くん、そんなセリフも考えられるんだね。僕、すっごく感動したよ」

『姐さんのためならばいくらでも愛の言葉が綴《つづ》れます。姐さんに捧《ささ》げる愛の詩集も上梓《じょうし》しますよ』

「愛の詩集……え？　え？」

氷川はなんの気なしにベランダに視線を流し、そのあってはならない光景に魂を抜かれてしまった。幻想的な夜景が望めるゆえ、カーテンを開けっ放しにしていたベランダの窓だ。

『姐さん？　どうされました？』

携帯電話越しに聞こえてくる祐の声はいつになく掠《かす》れていた。

「……ベランダに……ニコライがいる……」

氷川は見間違いかと疑ったが紛れもない現実だ。木枯らしが吹くベランダには、半袖《はんそで》シャツにジーンズというニコライがいた。彼はベランダの大きな窓をこじ開けようと躍起になっている。

『……………ニコライ？　ニコライとは藤堂が連れていたニコライですね？　ロシアン・マフィアのイジオットのニコライですね？』

さすがの祐も仰天したらしく、滑稽《こっけい》なまでに声が上ずっていた。

「ここは九階なのにどこからよじ上ったんだろう」

氷川が呆然《ぼうぜん》とした面持ちでポツリと漏らすと、祐は裏返った声でまくし立てた。

『我が国は金さえあればだいたいなんとかなります。なんとかならないのは姐さんと京子ぐらいです』

わざわざ下から上らなくても、ヘリコプターでマンションに近づけばいい。

ちなみに、マンションの屋上にはヘリポートが設置されていた。どの部屋も防音はされているからさして問題はない。

「……病院に現れた時と同じシャツとジーンズ……寒くないんだろうか……風がきついのに……」

『姐さん、現実逃避している場合じゃありません。その窓は防弾ガラスじゃないんですよっ』

氷川は祐の金切り声を聞きながら、ニコライが窓ガラスを蹴り飛ばす姿を見た。ガシャーン、という耳障りな破壊音が響き渡る。

ニコライは割れた窓から手を差し入れ、ベランダの鍵《かぎ》を開けた。

「……ニコライ」

想像を絶するニコライの登場に、ただただ氷川は呆然としていた。

『姐さん？　姐さん？　逃げてください。ニコライに身体《からだ》を触らせたら最後です。獰猛《どうもう》な肉食動物は止まりません』

ニコライは爽《さわ》やかに微笑《ほほえ》むと、氷川の手から携帯電話を取り上げ、キッチンのほうに勢いよく投げた。

「諒一《りょういち》、会いたかったよ。僕と諒一の愛を邪魔する奴《やつ》はいないからね」

ニコライが悠然と近づいてきたので、氷川はジリジリと後退した。

「……ニコライ、不法侵入、犯罪だよ」

いったいどうやって逃げればいいのか、ニコライはどうしたら諦《あきら》めてくれるのか、氷川は冷静に頭を働かせた。

「僕、難しい言葉はわからない」

ニコライは盛大に肩を竦《すく》め、いかにもといったオーバーゼスチャーをしたが、白々しくてたまらない。

「わかっているくせに惚《とぼ》けるんじゃありません。警察に通報します」

氷川が固定電話が置かれたサイドボードに近寄ると、ニコライはからからと楽しそうに笑った。

「日本の警察はチョロい。日本の政治家はもっとチョロい。こんなにチョロいところはほかにない」

腹立たしいことに自国の警察と政治家を侮辱されても反論できない。特に政治家に関しては、虫眼鏡で虱《しらみ》潰《つぶ》しに探しても優秀さは見つけられない。

「日本のヤクザはチョロくないからね」

氷川が自棄《やけ》っぱちになって暴力団の力を示唆すると、ニコライは神妙な顔つきでコクリと頷《うなず》いた。

「うん、日本のヤクザは政治家みたいにチョロくない。だから、藤堂とお友達になったの」

「ここに君が飛び込んだこと、藤堂さんは知っていますか？」

藤堂はイジオットとどんなつき合い方をしているのか、眞鍋組を潰さないと気がすまないのか、氷川にはまったくもって不可解だ。

「藤堂は仕事で忙しい。諒一と僕の愛の物語は後で報告するよ」

ニコライは単独で気まぐれに動いている気配がないでもない。

「僕と君の間に愛はない」

「これからたくさんの愛の歴史を重ねていくんだよ。諒一は世界で一番幸せになる。僕と巡り合えて幸せ」

ニコライに腕を伸ばされ、氷川は咄嗟《とっさ》に身を逸《そ》らした。彼の逞《たくま》しい腕に捕まったら、逃げることは不可能に近い。獰猛な肉食動物に食べられるだけだ。

「今ならば許してあげるから帰りなさい」

氷川は玄関のドアを指さしたが、依然としてインターホンは鳴り続けている。清和によく似た男もしつこい。

「諒一を連れて帰る」

ニコライも耳にしているだろうが、完全にインターホンを無視した。彼の意識は氷川の細い身体に集中している。

「僕は君と一緒にどこにも行かない」

「諒一、橘高《きったか》清和には捨てられたんだよ。祐は諒一の恋人にはなれない。僕なら諒一の恋人になる……えっと、僕なら諒一を幸せにできる。どうして僕を拒むの？」

ニコライが真剣な顔でしみじみと語り、氷川は二の句が継げなかった。何をどのように言い返せばいいのかわからない。

「橘高清和に捨てられてショックなの？　僕がそんなショックを忘れさせてあげる。橘高清和と京子が夫婦にならないと、藤堂もイジオットも佐和も困るの。僕の腕で橘高清和なんて忘れなよ」

どんな事情が隠されているのか不明だが、藤堂やロシアン・マフィアのイジオットの立場から見ても、清和は京子と復縁してほしいらしい。

「……僕はもう誰のものにもならない。誰も愛しません」

清和に捨てられたら、二度と誰も愛したりはしない。一生分の愛も恋も清和に捧げてしまったのだ。

「どうしてそんな寂しい人生を選ぶの？　僕と新しい愛を築けばいい」

ニコライには一途な愛を貫こうとする氷川が理解できないらしい。性格のみならずすべてにおいて根本的に違うのだ。

「僕が清和くんしか愛せないからだ」

「大丈夫、僕と一緒にいれば僕を好きになる。橘高清和より僕のほうがお金持ちだよ。僕のほうがいいでしょう?」

ニコライは頰を紅潮させると、氷川の足を引っかけて転倒させた。

「……あっ」

間髪容《かんはつい》れず、ニコライが氷川の身体に伸《の》しかかってくる。

「諒一、細い、細いよ。ごはんをいっぱい食べていいよ。僕がいっぱい食べさせてあげるね。ロシアにも日本料理店はあるし、寿司屋もたくさんあるんだよ」

ニコライの鋼《はがね》のような身体や長い手足は氷川に恐怖しか与えない。清和より一回りも二回りも大きいような感じがした。

「……ニコライ、どいてくれっ」

氷川が細い手を振り回しても、ニコライはビクともしない。重いなんてものではないし、息苦しくてたまらない。

「諒一は桜みたいに綺麗《きれい》だ。僕のために女体盛りのサービスしてね。諒一だったら女体盛りじゃなくてなんて言うのかな?　諒一盛りって言えばいいのかな?　新鮮な刺身を載せようね。寿司のほうがいいかな」

どのような幻想を抱いているのか、ニコライの目は完全にあちら側に行っている。無気味なんてものではない。

「……は？　女体盛り？」

氷川の脳裏に製薬会社の営業主催によるいかがわしいパーティが甦《よみがえ》った。氷川は参加しなかったが、破廉恥《はれんち》なショーに先輩医師や同僚医師は興奮したという。裸体の美女を器に見立てた『女体盛り』も堪能《たんのう》したそうだ。

「女体盛りは寿司と並んで世界に誇る日本の文化だよね？　僕も諒一で日本の文化を体験して、日本の精神を勉強するよ」

ロシアには日本が歪《ゆが》んで伝わっているのか、誰がそんなことを伝えたのか、氷川は目を吊《つ》り上《あ》げて叫んだ。

「女体盛りは日本の文化じゃありませんっ」

この時ばかりは普段はあまり感じない愛国心に燃えてしまう。

「女体盛りは日本の文化だってあちこちで聞いたし、いろいろな本とか雑誌で読んだよ。日本の文化は素晴らしい。僕は女体盛りで日本に興味を持ったんだ」

寿司屋のメニューに女体盛りがないからがっかりした、とニコライは忌ま忌ましそうに舌打ちした。

「……さ、さっさとロシアに帰りなさいーっ」

氷川が大声で叫んだ時、玄関のドアが凄《すさ》まじい音を立てながら開いた。冬の夜風が廊下を一直線に伝ってリビングルームに注がれる。

何事だ、と氷川とニコライが現状を把握する前に、その男は駆け足でリビングルームに現れた。

アルマーニの黒いスーツに身を包んだ清和だ。

「ニコライ、死にたいのか？」

清和は隠し持っていた拳銃《けんじゅう》を取りだすと、氷川を押し倒しているニコライに焦点を定めた。

「清和、君に出番はない。諒一は僕の可愛《かわい》い大和撫子《やまとなでしこ》になったの。これから女体盛りにするんだよ」

ニコライはまったく慌てず、身体の下で固まっている氷川の白皙《はくせき》の額に口づけた。もっとも、ニコライの右手にはいつの間にか拳銃がある。

どの拳銃も玩具《おもちゃ》でもなければライターでもない。

目まぐるしい展開についていけず、氷川はニコライの下で硬直した。魂は抜けてしまって戻らず、指一本動かせない。なんというのだろう、偽者ではなく愛《いと》しい清和だと頭では理解しているが、思考回路が正しく作動しないのだ。

「それは俺のものだ。手を出すな」

清和とニコライの間に冷酷な火花が散った。どちらの銃口もお互いに向けられているし、いつトリガーを引いてもおかしくはない。

「諒一を捨てたのは誰なの？　京子と仲良くしないといつまでたっても人質は取り返せないよ。ボヤボヤしていたら人質は殺されるよ。無力な人質を見捨てるの？　日本の極道とやらはシベリアより寒くて無慈悲なの？」

ニコライの言葉に清和は少しも動じたりはしなかった。

「俺のものから離れろ」

俺のもの、と自分の所有権を主張する清和の声が氷川の耳に届いた。きちんと清和の声だと認識しているが、氷川の思考力は地に潜ったままだ。どこもかしこも魂のない人形のようにカチンコチンに固まっている。

「清和は女子供を見殺しにするの？　杏奈《あんな》と裕也《ゆうや》だったよね？　杏奈と裕也のために京子にキスをしなよ」

ニコライは嘲笑《ちょうしょう》を含んだ目で煽《あお》り、清和は氷のような双眸《そうぼう》で応《こた》えた。

「ニコライ、聞こえなかったのか？」

「清和が子供みたいな駄々をこねるから藤堂も佐和も祐もリキも困っている。どうして清和は京子と仲良くしないの？　清和が京子と仲良くしないと作戦は進まない。諒一は僕が

幸せにするから安心して」

したり顔で語るニコライに、清和の忍耐は続かないようだ。元々、そんなに気が長いわけでもないし、おとなしいわけでもない。

「俺のものから離れないのならば最期《さいご》の祈りをしろ」

清和の最後通告をニコライは不遜《ふそん》に笑い飛ばした。

「僕を殺す度胸もないくせに」

ニコライは清和だけでなく日本のヤクザを侮っているような気配がある。殺人はするな、戦争はするな、金で処理しろ、が現代日本の切実なヤクザ事情だとニコライは察しているのだろう。

「試してみるか？」

清和がのっそりと近寄り、ニコライのこめかみに銃口を定めた。

自分を押さえ込んでいるのがロシアン・マフィアのニコライで、拳銃を構えているのが愛しい清和、と氷川が頭でも心でも身体でも確認した時、ようやく正気を取り戻した。現実を確かめるように右の指をゆっくり動かす。

「清和、イジオットと戦争をしたいの？　僕が殺されたら僕のパパもウラジーミルのパパも喜んで攻めてくるよ」

ニコライは命乞《いのちご》いをせず、嬉々《きき》として身内について語った。親子や親戚《しんせき》の愛がないわけではないが、それ以上に大切なものがあるらしい。ニコライが殺されれば、イジオットは好機とばかりに眞鍋組のシマに攻撃をしかける。眞鍋組のシマだけでなく東京及び関東圏まで攻め込むかもしれない。

眞鍋組とロシアン・マフィアの戦争を瞼《まぶた》に浮かべ、血まみれの清和やリキも想像し、氷川は完全に覚醒《かくせい》した。どうやってこの場を鎮《しず》めるか、氷川はニコライの重い身体の下で思い悩む。もっとも、考えている時間はまったくない。

清和とニコライの殺気は甲乙つけがたいぐらい尋常ではなかった。

「俺はロシアにシマが欲しい」

清和がロシアに対する野心を明かすと、ニコライはシニカルに口元を歪めた。

「ロシアにシマが欲しいなら、僕に手を出しちゃ駄目だよ。諒一を僕に渡したら、ご褒美《ほうび》をあげる」

野心がある男のほうがつきあいやすいし、言わずもがな、共闘しやすい。ニコライは人の欲望や野心を巧みに操って数字を叩きだした男だ。経営しているカジノでは、日本の大企業の社長やヨーロッパの貴族を破滅に追い込んでいる。

「自分の女房を売り渡す馬鹿《ばか》がいるか」

自分の女房を売らなくてもロシアのシマぐらい取ってやる、と清和は好戦的な双眸で脅《おど》しているようだ。

清和くん、そんなに怒らないで、と氷川は口にしようとしたが声にならない。その代わりなのか、無意識のうちにニコライの背中を震える手で叩いていた。まず、ニコライから離れなければ話にならない。

「清和の女房は京子になるんだよ。佐和も藤堂も祐もそのつもりで作戦を練ったんだよ。そうしないと人質は殺されるよ」

人質、というニコライのイントネーションが独特で、清和の良心を揺さぶっているようだ。ニコライは背中に感じる氷川の手を完全に無視している。

「キサマが邪魔しなければ人質は取り戻せる」

清和の男としての自尊心やヤクザとしての矜持《きょうじ》が、地を這《は》うような低い声に込められていた。佐和にあのような案を切りだされたことが屈辱だったのだろう。

「邪魔なのは諒一に対する清和の未練だ」

「未練の使い方を間違えている。もう一度、日本語を勉強しろ」

常日頃、どちらかといえば清和は無口だが、氷川を奪おうとするニコライ相手には饒舌《じょうぜつ》だ。

あの清和くんが口ゲンカで頑張っている、と氷川は変なところで感心さえしてしまう。

「僕の日本語は清和の英語より上手いと思うよ」

氷川はビクともしないニコライの身体の下で、改めて清和が握る凶器をじっと見つめた。

これがヤクザのやりとりなのか、所詮《しょせん》は力と力の勝負なのか、清和にしてもニコライにしても、氷川の意思はまったく尋ねない。清和には氷川に愛されている自信があるのだろうが。

「くだらないお喋《しゃべ》りはここまでだ」

清和がニコライのこめかみに銃口を当て、トリガーを引こうとした瞬間、氷川は声を張り上げていた。

「清和くん、駄目っ」

どんなに清和の目が血走っていても、氷川の声はきちんと届くらしい。清和のトリガーを引く指が止まった。

「先生？」

清和の周りの空気がざわめく。

ニコライは氷川の細い身体の上でシニカルな微笑を浮かべた。今のニコライにとって氷川の身体を手放すことは降伏以外の何ものでもないのだろう。

「ここで人殺しは駄目……ロシアン・マフィアのボスの甥《おい》っ子《こ》を殺しちゃ駄目だよ……殺し合う必要はないでしょう」

氷川が訴えかけるように言うと、清和は鋭い双眸を曇らせた。

「自分の立場がわかっているのか？」

俺の女房は誰だ、俺の女房じゃなかったのか、ニコライを殺せと言え、ニコライを始末しろと言わないと許さない、と清和に視線で咎《とが》められている気がしたものの、氷川は怯《ひる》んだりはしなかった。

「清和くん、ニコライ、ふたりとも銃刀法違反の罪で逮捕します……。僕は逮捕できないけど、逮捕されるから早くしまいなさい」

自分でも何を言っているのかと思ったが、なんとしてでも清和とニコライの争いは止めなければならない。原因が原因だからなおさら強く思う。

「……おい」

清和の眉間《みけん》の皺《しわ》がますます深くなったが、氷川は首を左右に軽く振り、ニコライの肩を勢いよく叩いた。

けれど、ニコライは氷川の身体を解放しようとはしない。依然として、清和に見せつけるように氷川を押し倒したままだ。

清和とニコライ、どちらも決して引こうとはしない。

「ここでふたりが争っても何にもならないから」

氷川が諭すように切々と言うと、いつの間に来ていたのか、渋面《じゅうめん》のリキが口を挟んだ。凶器は手にしていない。

「姐さんの仰《おっしゃ》る通りです。こんなところでやめてください」

リキの静かな迫力に圧《お》されたわけではないだろうが、清和もニコライも馬鹿ではないからようやく引《ひ》き際《ぎわ》を悟ったらしい。一触即発だったふたりの殺気が徐々に落ちていく。

「リキ、清和が僕に意地悪をするんだ」

ニコライは子供のように拗《す》ねたものの、リキは風か何かのように流す。冷静沈着な虎《とら》らしく感情を込めずにニコライに対峙《たいじ》した。

「ニコライ、うちの姐さんから離れてください。ウラジーミルもご立腹です」

どうやら、今回の行動はニコライのプライベートであり、ボスの後継者であるウラジーミルの怒りを買っているようだ。

「僕が諒一を引き取ればちょうどいいじゃないか。京子だって僕だったら納得するさ。京子は清和が諒一を捨てたって信じていないんだろう？」

「ニコライ、三度目の離婚をして姐さんを四人目の嫁さんに迎えるのですか？　モスクワとサンクトペテルブルクとキエフとタリンとパリとナポリとアテネと上海《シャンハイ》とシンガポールとバンコクとロサンゼルスにいる愛人も黙ってはいないと思いますが」

リキは淡々とした調子でニコライの女関係を明かした。まったくもって、氷川の同僚である女癖の悪い医師が小物に思えてしまう。ニコライに愛人が何人いるのか、氷川は途中で数えるのをやめた。

「リキ、今の僕の愛は諒一に注がれているんだけどな」

身体を押さえ込んでいたニコライの腕の力が弱まったので、氷川はそそくさと這いずりでた。

目の前には膝をついた清和がいて、ニコライから氷川の身体を奪おうと長い腕が伸びている。

「……清和くん」

氷川は即座に清和の腕に搦《から》め捕《と》られる。

ぎゅっ、と氷川は夢にまで見た可愛い男の胸にしまい込まれた。彼は清和によく似た男ではなく、氷川が愛してやまない男だ。気のせいかもしれないが、横浜《よこはま》で別れた時より、少し肉が落ちたような気がしないでもない。懐《なつ》かしさや嬉《うれ》しさより、切なさとやるせなさが込み上げてくる。

「ニコライ、引いてください」

リキはニコライの肩に手を回し、玄関に向かって強引に歩きだした。どうも、眞鍋が誇る虎がニコライを引き摺っている。こちらはなかなか静かな腕力勝負だ。

「リキ、じゃあ、今夜の僕の大和撫子はリキなの?」

ニコライは嫌がらせとばかりに、リキの頰に音を立ててキスをした。驚いたのは見ていた氷川のみ、キスを受けてもリキは平然としている。

「いい女がいる店にお連れします」

リキは手っ取り早く夜の蝶《ちょう》を宛《あ》てがおうとしたが、ニコライは首を小刻みに振った。

「僕はプロはいやだ。普通の大和撫子がいいんだ。髪の毛を染めている大和撫子もつけ睫《まつげ》のモンスターみたいな大和撫子もいやだ。メイクの厚い大和撫子もいやだな。電車の中でメイクする大和撫子もいやだな」

ニコライは事細かに女性の注文をしたが、リキは鉄仮面を被《かぶ》ったまま応じた。

「了解しました」

「諒一みたいな大和撫子じゃないと暴れるよ……僕、やっぱり諒一がいいな。今まで見た大和撫子の中で一番エキゾチックで綺麗だ。いくら出したら売ってくれる？　言い値で買うよ」

ニコライの声とともに玄関のドアの開閉の音が聞こえる。ふたりが出ていったとわかった時、氷川はほっと胸を撫《な》で下《お》ろした。

「……よかった」

氷川が漏らした言葉に、清和は凜々しい眉《まゆ》を顰《ひそ》めた。

「よかった、だと？」

そうじゃないだろう、と清和は言外で咎めているが、氷川は意見を変えたりはしなかった。

「うん、清和くんとニコライが殺し合わなくてよかった」

相手が誰であれ、清和に命のやりとりはできるならば控えてほしい。清和が修羅《しゅら》の世界で生きる男だとわかっていても、だ。

「……おい」

清和の怒気が氷川に向かって一気に発散される。

それでも、氷川が確かめるように清和の頬に触れたら、凄絶《せいぜつ》な怒気のトーンは少し下がった。

「清和くん、本物だったんだね？　てっきり清和くんによく似た男がやってきたんだと思っていた」

祐は本物の清和がいるとわかっていたからこそ、玄関のドアを開けるなと注意したのだろう。つまり、清和と氷川を会わせたくないのだ。結果、清和は玄関の前でインターホンを押し続けることになった。もし、ニコライがベランダから飛び込んでこなければ、氷川は祐に言われた通り、夢の国に旅立っていたかもしれない。

「祐に何か言われたのか？」

清和自身、祐が氷川に与えた指示に気づいている。

「うん、この部屋にどうやって入ったの？」

「リキが鍵を持っていた」

どうやら、清和は勝手に飛び出し、リキが追いかけてきたらしい。祐からニコライ来襲の緊急の連絡が入り、リキが玄関のドアを開けたのだろう。すかさず、清和はニコライが氷川を押し倒している場に踏み込んだ。

「そうか、リキくんも大変だ」

リキは苦行僧のようにストイックに己を律しているが、氷川に左右されている清和に困惑しているかもしれない。

「……先生？」

「清和くん、人質を助けてあげて」

どうして清和と自分を会わせようとしないのか、わざわざ祐に説明されなくても、氷川には手に取るようにわかった。

「ああ」

清和は真摯《しんし》な目で答えたが、氷川は清楚《せいそ》な美貌《びぼう》を曇らせた。

「人質の居場所はまだわからないのでしょう？　どうしてこんなところにいるの？」

清和は人質の命を握る京子のそばにいなければならない。氷川がいる部屋を訪れている場合ではないのだ。どこかに京子の関係者が張り込んでいたら、すべては水の泡と化してしまう。

「俺は佐和姐さんの策を承諾していない」

清和は憎々しげに衝撃の真実を告げたが、氷川は瞬時に理解できなかった。

「……は？　清和くんは決断したって横浜で聞いたよ。僕は祐くんに払い下げられたことになった、って……」

清和が嘘《うそ》をついていないとわかるが、俄《にわか》には信じられない。氷川は清和の鋭利な双眸をじっと見つめた。

「リキと祐がやりやがった」

横浜の海に繰りだした日、佐和と氷川が別室に向かった後のことだ。残された清和と藤堂は、お互いがお互いを殺しそうな勢いで睨《にら》み合《あ》ったという。先に大人の余裕を見せたのは藤堂だ。

『俺は桐嶋《きりしま》を殺させたくない。それだけだ』

藤堂が弱みをさらけ出し、清和に共闘を申し入れた。

『藤堂、キサマには信用がない。キサマを連れた佐和姐さんも信用できない』

『加藤の舎弟は揃《そろ》いも揃って無能ばかりだ。人質に危害を加えないとは限らない。杏奈さんは今でも目玉商品になる美人だろう』

藤堂は殺気を漲《みなぎ》らせている清和から、背後に控えていたリキと祐に視線を流した。頭に血が上った清和より、リキや祐のほうが話が通りやすいと踏んだに違いない。

『藤堂さん、人質がどこに監禁されているのか、そちらは摑《つか》んでいないのですか？』

リキが探るような目で尋ねると、藤堂はシニカルな微笑を浮かべた。

『人質の居場所を知っていたら、交換条件にしているさ』

藤堂も人質の監禁場所は摑んでいないらしい。

『そちらの望みは桐嶋組長の命ですね？』

今現在、どちらかといえば、清和より桐嶋のほうが危険に晒《さら》されている。桐嶋本人、自分の危険を考慮しないからなおさら危ないのだ。

『ああ、眞鍋組との交友関係が崩れたら危険だ』

『関西の長江《ながえ》組はどうするつもりですか？』

『その場しのぎかもしれないが金で押さえ込む』

藤堂が言い終えた時、清和は首の後ろに衝撃を受け、意識を失ったという。なんのことはない、リキが問答無用で清和を失神させたのだ。

リキと祐の意見は話し合わなくても一致している。すなわち、人質奪回のため、佐和の計画に乗るしかないのだ。しかし、清和は何があろうとも最愛の氷川を手放したりはしないだろう。たとえ、京子を欺くための嘘であっても。

『橘高清和が男の姐さんに飽きて、俺に払い下げたことにします。姐さんは俺が説得します。そちら、下手《へた》を打たないでください。桐嶋組長は使いものになりませんから』

祐は真剣な顔で手短に言うと、佐和と氷川がいる別室に向かった。あとは藤堂とリキが恩讐《おんしゅう》を乗り越え、膝《ひざ》を突き合わせて算段を練る。

清和が意識を取り戻した時、氷川や祐の姿が忽然《こつぜん》と消え、すべての話がまとまっていたという。そのうえ、佐和は早々に眞鍋本家に帰り、加藤の目を盗んで京子に清和との復縁を持ちかけていたそうだ。言うなれば、清和の意思に反して、佐和が書いたシナリオが進んでいたのである。

清和はどこか遠い目で語った後、忌ま忌ましそうに頬を引《ひ》き攣《つ》らせた。

「……やられた」

清和の思いは一言に集約されているが、到底、氷川には受け入れられない。杏奈や裕也のために腕力を行使したリキの気持ちが痛いぐらいわかる。

「やられた、じゃないでしょう？　京子さんとはどうなったの？」

氷川が食い入るように覗《のぞ》き込《こ》むと、清和は伏し目がちに答えた。

「俺は会ってはいない」

予想に反した清和の返答に、氷川は口をポカンと開けた。

「……………………え？　京子さんに会っていないの？」

氷川が驚愕《きょうがく》で上体を揺らすと、清和の腕の力が強くなった。

「ああ」

あんな女に会う必要はない、と清和は不遜な態度で語っているような気がしないでもない。

「京子さんにも会わないで、どうやって信じてもらうの？　佐和姐さんがどんなに上手く言ったって、清和くんが口説かないと、京子さんは騙《だま》せないよ」

いったい何をやっているのか、佐和がどんな気持ちで土下座をしたのか、リキや祐もどれだけ苦しかっただろうか、氷川の胸に愛しい男に対する怒りがふつふつと沸いてくる。抱き締めてくれる清和の腕さえ無性に腹立たしい。

「……おい」

清和は氷川に非難されるとは思っていなかったらしい。一瞬、氷川の細い身体を抱く腕は怒りで震えた。

「僕だって……僕だって、清和くんが京子さんを口説くのは許せない。キスをするのも許せない。抱くのも絶対に許せない……けど……だけど……もうそんなことを言っている余裕はないでしょうーっ」

一時たりとも愛しい男を誰にも渡したくないし、京子と寄り添う姿を想像しては嫉妬《しっと》に駆られたが、もうそんな場合ではないはずだ。

氷川が感情を爆発させると、清和はかなり動じたようだ。

「……待て」

「てっきり清和くんと京子さんが復縁しているものだとばかり思っていた。清和くんと京子さんが手を組んで、人質を助けて、加藤を引退させて、眞鍋組も平和に鎮めて……上手く進んでいると思ったんだ」

この様子だと横浜で別れてからまったく状況は改善されていないのではないか、それどころか、ますます形勢が不利になっているかもしれない。すべては自分に対する清和の愛だとわかっているが、だからといって、氷川は素直に喜べなかった。いや、状況的に喜んではいけないのだろう。どこかで杏奈と裕也の泣き声が聞こえたような気がした。きっと、なんの罪もない哀れな母と子は監禁場所で泣いている。

「……泣くな」

氷川の涙を目の当《ま》たり《あ》にして、清和は凜々しい眉を顰めた。

「どうして何も進んでいないの？　ここ数日、僕がどれだけ苦しんだと思う？　なぜ、少しも事態は改善されていないの？」

ポカポカポカポカポカ、と氷川は清和の広い胸を勢いよく叩いたが、細い腕にまったく力が入らない。

「落ち着け」

氷川でなくてもこんな状態で落ち着くわけがない。相変わらず、清和の口下手は健在だった。

「僕、清和くんがこんなに無能だなんて思わなかった。杏奈さんは若くて綺麗な女性なんだよ？　どんな目に遭わされているかわからないでしょう？　裕也くんも殴られているかもしれない」

　加藤や舎弟を考慮すれば、杏奈の身が案じられてならない。父親に似てやんちゃ坊主だという裕也が、暴力を振るわれていないか不安だ。

「……加藤を始末すればそれですむ」

すでに清和はヒットマンを手配して、加藤を狙わせているらしい。邪魔者は消せ、のポリシーを持つ眞鍋の昇《のぼ》り龍《りゅう》らしいのかもしれないが。

「そんなことを考えていたの？」

「所詮、俺はヤクザだ」

　ヤクザにはヤクザのやり方がある、と清和は氷川に言い聞かせるように一段と低い声で続けた。

「加藤さんを始末しても、京子さんを納得させない限り、人質は戻らないよ。加藤の代わりなんていくらでもいる。ここには京子さんの命令で香坂が来たよ」

　京子にとって神輿《みこし》は誰でもいいと、祐やリキは推測していたようだし、いざとなれば、眞鍋組の重鎮である安部《あべ》を担ぎだせばいい。人質を握っていれば、安部は従順な操り人形になる。

「香坂が？」

氷川を直撃した香坂の話は初耳らしく、清和の頬が盛大に引き攣った。

「うん、僕が本当に清和くんに捨てられたのか確かめに来たみたい。僕は必死になって嘘をつき通した」

氷川がしゃくりあげながら言うと、清和はさらに強い力でぎゅっと抱き締めた。

「佐和姐さんは甘い」

「佐和姐さんが甘いの？　今回、清和くんもどうかしていない？」

「京子は俺との復縁を望んではいない」

清和は恐ろしいぐらい真剣な目で元恋人について言及した。京子にではなく佐和に対する憤りが大きいような気がする。

「京子さんが拒んだの？」

佐和から持ちかけられた復縁話を、京子が無下にするとは思えなかった。

「先生の腕を斬《き》り落《お》とせ、と京子は佐和姐さんに言いやがった」

一瞬、清和が何を言ったのか、氷川は理解できずに惚《ほう》けた顔で聞き返した。

「……え？」

「佐和姐さんにどんなに諭されても、京子は先生の腕を譲らなかった」

清和の復縁を拒絶したりはしなかったが、京子は凄絶な交換条件を出したのだ。清和が氷川を捨てただけでは許せないらしい。

「……僕の腕？　僕の腕を斬り落としてどうするの？」

「佐和姐さんが先生の代わりに自分の腕を斬り落とそうとした」

佐和らしいというか、京子を宥《なだ》めるために自分を犠牲にしようとしたという。眞鍋本家では女同士の熾烈《しれつ》なやりとりがあったそうだ。

『京子、氷川先生は清和に飽きられて捨てられたんじゃ。なんで、捨てられた女の腕を斬り落とす？』

佐和は初代姐として咎めたが、京子はまったく悪びれなかった。

『気に入らないのよ』

氷川が現れた途端、手切れ金を用意されて捨てられた、という過去は京子の自尊心とメンツを大きく傷つけていた。今回、立場が逆転しても京子の自尊心とメンツが氷川を見逃せないらしい。

『眞鍋組の姐ならばそんな感情に振り回されるな。腕なら私の腕をやる』

佐和は着物の袖を捲《まく》り、自分の腕を差しだした。

『佐和姐さんの腕なんて欲しくない。私に恥をかかせた氷川諒一の腕が欲しいの。氷川センセイじゃないと意味がないのよ』

あの医者の腕を肴《さかな》に藤堂さんやウラジーミルとウオッカを飲むわ、と京子は勝ち誇ったように笑ったそうだ。

佐和は京子の怨念《おんねん》にも似た執念を恐れつつ、今も必死になって説得を続けている。水面下ではリキや祐、藤堂も清和と京子の復縁話を進めていた。何も知らないのは京子の夫である加藤だ。

「……僕の腕……腕がないと仕事ができないから困るな……顔にしてくれないかな……」

氷川が独り言のようにつらつら零《こぼ》すと、清和は吐き捨てるように言い放った。

「先生は何もしなくてもいい」

京子の返事を聞き、清和が憤慨したのは言うまでもなく、祐やリキがどんなに宥めても鎮まらなかったという。挙げ句の果てには、氷川の元に向かう清和を、リキが力ずくで拘束する羽目になった。

「……それじゃ、どうしたら……人質は……」

京子に対しては複雑な思いが交錯して、何をどのように表せばいいのかわからない。ただ、自分が今でも深く恨まれていることは間違いない。たとえ、本当に清和に捨てられても京子には疎まれたままだろう。

「佐和姐さんの計画は失敗だ」

清和は進行途中の計画を切り捨てたが、氷川はふるふると首を振った。

「人質はどうやって助けだすの？　漠然とした言葉じゃなくてちゃんとした計画を教えてほしい」

「先生は首を突っ込むな」

清和は帝王然とした様子で命令したが、氷川は素直に従ったりはできない。それこそ、今さらの話だ。

「こんな時に何を言っているの……ううん、清和くん、さっさと出ていって。僕と清和くんが会っているって京子さんが知ったらどうなると思う？　計画はすべて台無しだ」

氷川はなんともやるせない気持ちで非難した。一刻も早く清和を帰らせなければならない。

「元々、こんな計画は認めていない」

清和は言い聞かせるように氷川の身体を抱き直した。

「清和くんが認めていなくても、計画はスタートしている」

船は港から出た、と氷川は意志の強い目で現状を喩《たと》えた。出港した船は港に引き返すことはできない。ただただ海路を進み、目的の港に辿《たど》り着《つ》くだけだ。

「船は遭難した」

「まだ遭難していない。清和くんがいる限り、遭難にはならないんだ。さっさと京子さんのところに行ってて」

氷川は決死の覚悟で叫ぶと、清和の腕を引いて立ち上がった。そして、玄関のドアに向かって進む。

決心が変わらないうちに清和を玄関のドアの向こう側に追いやらねばならない。氷川にとって愛しい男の姿は目の毒だ。

「それでいいのか？」

清和は信じられないといった風情《ふぜい》で涙目の氷川を見下ろす。

「僕だっていやだよ。でも、それ以外にないでしょう？　人質の行方が摑めないんだからっ」

自分を庇《かば》って亡くなった本当の松本力也《まつもとりきや》の身代わりとして生きているリキの苦悩が、今さらながらに氷川の心に突き刺さる。間違いなく、リキは忍びがたき思いに耐えているはずだ。

「俺を信じられないのか？」

清和は険しい顔つきで足を止め、玄関のドアに進む氷川を阻《はば》む。俺を信じていないのか、と清和は内心では怒りまくっているようだ。

「つべこべ言っている場合じゃない。杏奈さんや裕也くんがひどい目に遭わされていたらどうするの？　清和くんが京子さんのところに行かないのなら、僕が出ていくっ」

氷川は清和から離れると、玄関のドアに向かって突進した。これ以上、清和と一緒にいたら、離れられなくなってしまうかもしれない。

「……おい」

慌てたように、清和が氷川の後を追う。

「僕はニコライのところに行く。それが嫌なら清和くんは京子さんのところに行って、人質を無事に保護してっ」

氷川はパジャマ姿で三和土《たたき》で靴を履こうとしたが、血相を変えた清和に止められてしまう。

履きそびれた靴が下駄箱の前でひっくり返った。

「俺の女房は誰だ？」

後にも先にも俺の女房はひとりしかいない、と清和の鋭い双眸は雄弁に語っていた。年下の男の一途で情熱的な愛だ。

「杏奈さんと裕也くんを助けだせない男の嫁はいやだ。僕はそんな無能な男を愛した覚えはない」

氷川は誰よりも愛しくて何よりも大事な男を冷たく拒絶した。身が裂かれるように辛いが、このまま静観しているわけにはいかない。

「おいっ」

清和に乱暴な手つきで抱き寄せられ、氷川は逃げだそうとしてもがいた。けれど、清和の腕の力が強すぎて、氷川は身動きが取れない。

「清和くんが花と指輪でも持ってプロポーズしたら、京子さんは僕の腕が欲しいなんて言わないかもしれない。京子さんに花と指輪を買って持っていって……白い百合《ゆり》はやめたほうがいい、京子さんみたいな真っ赤な薔薇《ばら》がいい」

氷川は下駄箱の前に転がった自分の靴を摑み、清和めがけて振り下ろした。運よく、清和の顔面に当たる。

「いい加減にしろ」

清和の手によって凶器の靴が取り上げられたが、氷川は怯んだりはしなかった。彼の襟首を思い切り摑む。

「いい加減にするのは清和くんのほうだよ。さっさと京子さんのプライドとメンツをなんとかしてあげて。もう一度、京子さんと佐和姐さんと鎌倉《かまくら》にでも遊びに行ったらいい。前は楽しくつきあっていたんでしょう」

氷川は清和の襟首を摑んでむちゃくちゃに動かしたが、腕力ではてんで勝負にならない。清和は樹齢八百年の大木の如《ごと》く、微動だにしなかった。

「先生と京子は違う」

「全然、違わない。僕も京子さんもそんなに違わないよ。ううん、同じでも違ってもどちらでもいい。そんなのはどうでもいいんだ。大切なのは杏奈さんと裕也くんなんだよ。監禁場所が突き止められないのなら、京子さんから聞きだすしかないんだ」

氷川はリキの異母兄である高徳護国晴信《たかとくごこくはるのぶ》が幼い裕也を肩車していた姿を思い出す。傍《かたわ》らには優しく息子を見つめる杏奈がいた。慎ましくささやかな幸せの下、杏奈と裕也は暮らしていたのに、どうして狙われなければならないのか。

「すぐに突き止める」

今となっては虚《むな》しい言葉が清和の口から出た。杏奈と裕也が攫《さら》われたと気づいた時から時間は流れっ放しだ。

「いったい何日かかっているの？　水も食事も与えられていなかったら、衰弱死しているかもしれない」

人間が水も食料もなくて何日生きられるか、医師である氷川はちゃんと知識を持っている。

「切り札を殺す馬鹿はいない」

清和の言葉通り、京子は人質という切り札しか持っていないが、いかんせん、周りの輩《やから》が愚かすぎる。

加藤の舎弟たちは人質の意味をきちんと理解せず、杏奈や裕也を不当に扱う危険性がすこぶる高い。

「加藤さんも舎弟もまんべんなく馬鹿だから怖いんでしょう？　僕はニコライのところに行くから放して」

僕はもう覚悟を決めたの、と氷川は宿敵のように清和を睨みつけた。愛しい男が腹立たしくてたまらなくなる。

「ニコライを始末しろ、と俺の女房ならば言え」

清和の言動は憎たらしいぐらい一貫しているし、氷川を押さえ込む腕の力は少しも緩まない。

「僕、もう清和くんのお嫁さんじゃない。こんなにわからずやだとは思わなかった。こんなんだったらニコライのところで女体盛りになるっ」

氷川が真っ赤な顔で怒鳴ると、清和は低い声で凄《すご》み返《かえ》した。

「黙れっ」

口下手な清和は氷川を宥める言葉が思いつかないらしい。そもそも、氷川にこんな態度を取られるとは夢にも思っていなかったようだ。

「僕が……僕がどんな気持ちで言っていると思っているのっ」

氷川が激しく泣きじゃくると、清和は切れ長の目を細めた。

「黙って俺についてこい」

清和は尊大な顔つきで誰かに入れ知恵されたような言葉を言い放った。まるで、一昔前の青春ドラマに登場する男くさいキャラの告白だ。

「ちょっと前までおむつをしていた子が何を言っているのーっ」

おむつという言葉が効いたのか、清和が怯んだ隙《すき》に氷川は逞しい腕から逃れた。即座に立ち上がって玄関のドアに手をかける。

だが、すぐに伸びてきた清和の腕に背後から搦め捕られてしまった。氷川は腰に回った清和の腕が離せない。

「足の骨を折りたくない」

骨折させて歩けなくするぞ、いやなら暴れるな、と清和は暗に脅しているのだ。確かに、清和ならば容易に氷川の骨を折ることができるだろう。

「玄関のドアも蹴れない男が脅しても無駄だよ。清和くんによく似た男は僕がいるのに玄関のドアを蹴りまくった。だから、おかしいって気づいたんだ」

清和はインターホンを執拗に鳴らし続け、玄関のドアをノックしていたようだが、足で蹴り飛ばした気配はない。すなわち、清和の氷川に対する優しさだ。

氷川は切なさでいっぱいになったが、清和の胸にしなだれかかるわけにはいかない。腰に回った清和の大きな手に爪《つめ》を立てた。放せ、と。

ふっ、と清和が鼻で笑ったような気がした。

「……清和くん？　もう放して」

氷川が言い終える前、清和の手が股間《こかん》をきつく握った。

「……やっ？」

氷川が甘い激痛で顔を歪めた瞬間、清和の手によってパジャマのズボンが下着ごと摺《ず》り下《お》ろされてしまう。膝《ひざ》で引っかかった状態で、清和に荷物のように抱き抱えられた。そして、そのまま廊下に押し倒された。

あっという間の出来事で、氷川は自分の身に何があったのかついていけない。膝で引っかかっていたパジャマと下着が足から抜かれ、パウダールームの前に放り投げられた。

「加藤の首の骨は折れても、女房の足の骨は折れない」

清和は自嘲《じちょうぎみ》気味に呟《つぶや》くと、氷川の足の間に手を滑り込ませた。双丘の割れ目を探り、秘所を指でいやらしく突《つつ》く。

「……清和くん？」

氷川の身体を押さえつける清和の左手が氷のように冷たくて火のように熱い。清和の双眸も冷たいのに熱い。

「女房を逃がすわけにはいかない」

清和の長い指に敏感な器官がこじ開けられ、氷川は掠れた声を上げた。

「……い、いやっ」

「足の骨を折らなくても歩けなくする手段はある」

抱《だ》き潰《つぶ》してやる、と清和は冷酷でいて情熱的な目で氷川の白い肌を見つめた。数日前、船上で清和がつけたキスマークはすでに薄れている。再度、所有の証《あかし》をつけるように、清和ははだけた氷川の胸元に吸いついた。

「……こんな……している場合じゃ……」

胸元と秘部、清和から与えられる二ヵ所の愛撫《あいぶ》に氷川は耳まで真っ赤にした。肌に走る快感に抗《あらが》えない。

「足を開け」

玄関のドアを蹴ることができなかったとは思えない傲慢《ごうまん》な男の言葉だ。氷川は足を閉じようとしたが、清和の手によって大きく開かされてしまった。際どいところが丸見えで隠すこともできない。

「……ちょ、ちょっと」

氷川は自分の破廉恥な姿にたまらなくなり、細い腕を振り回したが、肝心の清和には当たらない。

「女房なら俺のことだけ考えろ」

「清和くん、もう一度おむつをしていた時からやりなおしなさい。諒兄ちゃんはそんな子は知りませんーっ」

氷川がしゃくりあげた時、玄関の重厚なドアが静かに開いて、祐がひょっこりと顔を出した。

「失礼します……あ、すみません、合体中でしたか？　まだ合体はしていませんね。すぐに話は終わらせますから」

祐は後ろ手で玄関のドアを閉め、その場に神妙な面持ちで佇《たたず》む。

「祐くん、いいところに来た。このわからずやをなんとかして。僕をニコライに売っていいよ。ホテルもビルも船も油田もニコライからもらいなさい。加藤さんと京子さんに取られて清和くんはお金がないんでしょう」

氷川が涙を流しながら捲し立てると、祐は腕を組んだ体勢で口元を緩めた。

「……あ？　我らが姐さんは意外と自信家ですね？　ニコライが素直に支払うと思いますか？」

思ってもいなかったところを衝かれ、氷川は長い睫に縁取られた瞳《ひとみ》を揺らした。ニコライが愛の代償として差しだすと宣言したものが猛スピードで目前を駆け巡る。

「ホテルとかビルとか船とか油田とかいろいろとくれる、って言っていたのはニコライの嘘？」

口だけならばいくらでもなんとでも言える。ニコライは大嘘で引っかけるつもりだったのだろうか。

「嘘だと思ってくださらないと戦争が勃発《ぼっぱつ》します。ロシアン・マフィアの言葉を鵜呑《うの》みにしないでください」

約束は守られないものです、と祐はどこか遠い目で囁《ささや》くように続けた。ロシアン・マフィアに対する疲労感が早くも顕著に表れている。

「……じゃ、僕は桐嶋さんのところに行く。人質が無事に戻るまで、僕は清和くんとは会わない」

氷川は清和の腕から逃げだそうとしたが、凄まじい力で拘束されている。少し前までおむつをしていた子供の力とは思えない。ペチン、と氷川は清和の頬を叩いたが、なんのダメージも与えられなかった。

「姐さん、俺は感動しているところです。姐さんにそんな芸ができたとは……」

祐は容姿を裏切る氷川の嫉妬深さを揶揄《やゆ》しているが、そこはかとない哀愁を感じる。

「祐くん、僕は本気だよ。本気で言っているんだ。サメくんみたいにこんな時まで冗談で誤魔化さないでほしい」

氷川が大粒の涙をポロリと零すと、祐は視線を下駄箱に流しながら言った。一応、氷川の剝《む》きだしの下半身を視界に入れないように注意しているらしい。

「橘高清和と別れるつもりなんですか？」

祐は玄関のドアを背に、決して近づこうとはしない。意識して、距離を保っているようだ。

「僕が足枷《あしかせ》になって人質が助けられないのならば別れる。身を引くのも愛だ」

身を引かなければならない、と氷川が断腸の思いで吐露すると、清和の目が怒気で燃え上がった。

「馬鹿馬鹿しい作戦は終わりだ。加藤と京子と香坂、まとめて消せ」

清和が威嚇するように睨むと、祐は腕を組んだ体勢で苦笑いを浮かべた。

「人質が橘高顧問と典子《のりこ》姐さんだけだったら、さっさとまとめて消しています。俺も奴らを消したくてたまらないんですよ。ヒットマンも待機させています」

加藤や京子や香坂といった中枢がいなくなった直後の混乱に、杏奈や裕也がどう扱われるのか、まったくもって判断ができない。

「そろそろショウが復活するはずだ」

清和が頼りになる腹心の名を挙げると、祐は誇らしそうに微笑んだ。

「我らが殿、カンは鈍っていませんね」

祐独特の思わせぶりな反応に、清和は氷川を抱き締めたまま勢い込んだ。

「ショウから連絡があったのか？」

「はい、やっとショウから連絡がありました。ついでに、佐和姐さんから待ちに待った連絡も入りました。京子が人質の監禁場所を明かしてくれたそうです」

朗報がふたつ同時に飛び込み、スマートな策士の顔に安堵《あんど》が見える。氷川はほっと胸を撫で下ろしたが、清和は怪訝《けげん》そうに眉を顰めた。

「京子が？」

目の前で氷川の腕が斬り落とされる様を見ない限り、京子が監禁場所を明かすとは、予想していなかったらしい。

「今、ショウと京介《きょうすけ》、サメも兵隊を集めて監禁場所に向かっています」

清和と氷川が言い争っている間、遭難しかけていた船はようやく進みだしたらしい。ショウの復活と京介の協力で俄然《がぜん》、勢いを盛り返したようだ。

「よし」

「二代目、もう少し待ってください」

祐が参謀として言葉を向けると、清和は納得したように頷いた。

「ああ」

「姐さん、もう少し待ってください」

祐は清和の腕に抱き込まれている氷川に優しく声をかけた。

「本当だね？　本当に京子さんは監禁場所を教えてくれたんだね？　佐和姐さんが自分の腕を斬り落としたわけじゃないね？」

氷川が最大の懸念を口にすると、祐は軽く手を振った。

「さすがの京子も佐和姐さんと実母のふたりに泣きつかれたら弱いようです。眞鍋のシマの無法地帯ぶりも半端じゃありませんから」

佐和は妹同然の従妹《いとこ》とともに腕を差しだして京子に迫ったという。私たちの腕を斬り落とせ、と。

「……そうなのか」

佐和は氷川以上にタイムリミットに焦っているのかもしれない。

「姐さん、辛《つら》い思いをさせてすみません。悲しい決心もさせてしまいました」

祐が玄関のドアの前で謝罪のポーズを取ったが、氷川に咎める気はさらさらない。

「杏奈さんと裕也くんを早く助けてあげて。助けてくれたらなんでもいい……無事だったらなんでもいいから……」

「はい……で、我らが坊ちゃま、絶対に姐さんを責めてはいけません。姐さんをこんなに追い詰めたのは俺たちです」

つい先ほど、清和にとって許《ゆる》し難《がた》い言葉を氷川は連発した。祐は穏やかな微笑できっちり清和に釘《くぎ》を刺す。

「……わかっている」

普段は理性で抑え込んでいるが、清和は誰よりも苛烈《かれつ》で凄まじい魂の持ち主だ。自分以外の男の名を呼んだ氷川に燻《くすぶ》っている。

「灯台の明かりが見えます。船は順調に航行していますからもう少し待ってください」

祐が宥めるように言った言葉を、氷川は清和の腕の中で繰り返した。港が近いのならばあれこれ悩む必要はない。愛しい男を信じて待っていればいいのだ。

「清和くん、僕は謝らないよ」

清和の自尊心やメンツを傷つけたとわかっているが、氷川は真っ赤な目で冷たく言い放った。

「………………」

清和は面白くなさそうに目を細めたが、面と向かって文句は返さない。ただ、氷川の口を塞《ふさ》ぐようにキスを落とした。

久しぶりに交わされるディープキスに、脳天が痺《しび》れたのは言うまでもない。氷川は縋《すが》るように清和の広い背中に腕を回した。

清和がいなければ生きていけない、清和がいなければ生きている意味もない、と氷川は改めて実感する。

清和の唇を存分に味わい、氷川は離れようとした。いつまでも彼のキスに応えていたら、どうなるかわからないからだ。

けれど、息苦しいぐらい情熱的なキスは終わるどころか、清和の大きな手があらぬ動きを始める。すぐに氷川は若い男の身体が興奮していることに気づいた。何せ、氷川のなめらかな下肢を覆うものは何もない。

祐はしたり顔で立ったまま、氷川と清和のキスシーンを眺めている。立ち去る気配も清和を止める気配もない。

「……ちょ、清和くんっ」

氷川は持てる力を振り絞り、清和の唇と手から逃れようとした。愛しい男の後頭部を殴り、首も身体も思い切り捻《ひね》る。

「女房なら逆らうな」

清和は祐の存在を完全に無視して、氷川の華奢《きゃしゃ》な身体を押さえ込もうとする。下半身の衝動ではなく、氷川が発した言葉に対する鬱憤《うっぷん》が大きいのだろう。あえて文句は口にしないが、身体で氷川を屈服させるつもりだ。

「……そ、そんなところを触っちゃ駄目」

最も際どいところに清和の指を感じ、氷川は全身を激しく震わせた。開かないドアを蹴り飛ばせなかった優しい男の躊躇《ためら》いはない。

「俺のものだ。どこを触ろうが俺の自由」

ニコライによくも触らせたな、と清和は射るような目で氷川を詰《なじ》っている。本来ならば氷川に手を出そうとした男を許したりはしない。ニコライがイジオットの幹部でなければ、その場で始末していたかもしれない。

「……こ、このっ……」

「自分が誰のものか思い出せ」

氷川の身体を貪《むさぼ》ろうとする清和の腕の力がいっそう強くなった。

「清和くん、今はそんなことをしている場合じゃありません。杏奈さんと裕也くんを助け

てからだよっ」

これだけは譲れない、と氷川は真っ赤な目で清和を睨み据えた。僕が誰のものかわかっているでしょう、と氷川は裏返った声で続ける。

「…………」

氷川の迫力に圧されたわけではないだろうが、ハンターと化していた清和から男性フェロモンが薄れる。

ゲームオーバーの合図であるかのように、祐が喉《のど》の奥で笑いだした。スマートな策士には普段の余裕が完全に戻っている。

遠い昔のように、氷川が宥めるように清和の頭を撫でた。在りし日のように氷川の膝ではしゃいだ男の子ではないが、凛々しい美丈夫はおとなしくなる。

「清和くん、いい子、人質を助けたらなんでもしていいからね。なんでもしていいから、早く助けてあげて」

氷川が慈愛に満ちた目で見つめると、清和のみならず祐も同時に苦笑を漏らした。愛しい男とスマートな策士の表情を見れば、待ちに待った時が近いのは間違いない。修羅の世界で闘うプロがふたり、収束の算段をつけたのだ。

氷川はその日が一刻も早く来ることを切実に祈った。いや、目の前に迫っていると信じている。

あとがき

講談社X文庫様では二十七度目ざます。己の英語力について落ち込んでいる樹生《きふ》かなめざます。いえ、そのですね、英語ざますの。頭の中でプロットを練りながら、箱根《はこね》を彷徨《さまよ》っていた日の出来事ざます。さつま揚げ（箱根では箱根揚げ？）を揚げたてで食べられる店の前で、さつま揚げを見つめていた時、金髪の外国人に尋ねられました。目の前のさつま揚げがどういったものか、質問されていることはわかります。でも、さつま揚げを英語で説明できません。アタクシは金髪の外国人に「ジャパニーズフード」と答えました。

担当様、さつま揚げは英語で……ではなく、ありがとうございました。深く感謝します。

奈良千春《ならちはる》様、さつま揚げは英語でなんて言うのでしょうか……ではなく、癖のある話に今回も素敵《すてき》な挿絵をありがとうございました。深く感謝します。

読んでくださった方、ありがとうございました。再会できますように。

英会話学校への入学を思案中の樹生かなめ

『龍《りゅう》の憂事《ゆうじ》、Dr.《ドクター》の奮戦《ふんせん》』、いかがでしたか？
樹生《きふ》かなめ先生、イラストの奈良千春《ならちはる》先生への、みなさまのお便りをお待ちしております。

樹生かなめ先生のファンレターのあて先
〒112-8001 東京都文京区音羽2-12-21 講談社 文芸図書第三出版部「樹生かなめ先生」係

奈良千春先生のファンレターのあて先
〒112-8001 東京都文京区音羽2-12-21 講談社 文芸図書第三出版部「奈良千春先生」係

N.D.C.913　238p　15cm

樹生かなめ（きふ・かなめ）

講談社X文庫

血液型は菱型。星座はオリオン座。
自分でもどうしてこんなに迷うのかわからない、方向音痴ざます。自分でもどうしてこんなに壊すのかわからない、機械音痴ざます。自分でもどうしてこんなに音感がないのかわからない、音痴ざます。自慢にもなりませんが、ほかにもいろいろとございます。でも、しぶとく生きています。
樹生かなめオフィシャルサイト・ROSE13
http://homepage3.nifty.com/kaname_kifu/

white heart

龍《りゅう》の憂事《ゆうじ》、Dr.《ドクター》の奮戦《ふんせん》

樹生《きふ》かなめ

●

2012年12月5日　第1刷発行

定価はカバーに表示してあります。

発行者――鈴木　哲
発行所――株式会社　講談社
東京都文京区音羽2-12-21 〒112-8001
電話　編集部 03-5395-3507
販売部 03-5395-5817
業務部 03-5395-3615
本文印刷－豊国印刷株式会社
製本――株式会社千曲堂
カバー印刷－半七写真印刷工業株式会社
本文データ制作－講談社デジタル製作部
デザイン－山口　馨

ISBN978-4-06-286738-2

ホワイトハート最新刊

龍の憂事、Dr. の奮戦

樹生かなめ　絵／奈良千春

清和と氷川についに別れが!?　美貌の内科医・氷川諒一の恋人は眞鍋組の若き二代目組長・橘高清和だ。しかし、敵の策略により組長の座を追われた清和は、氷川や祐たちと逃亡することになり!?

大《だい》柳《りゅう》国《こく》華《か》伝《でん》

百花の姫は恋を知る

芝原歌織　絵／尚 月地

寵姫 vs 美姫、波乱の後宮恋物語！　雪の正妃の座を狙い、名家の美姫たちが後宮入りしてきた。そんな中、「春華は雪の寵姫」という噂が後宮中に広まり、何者かに命まで狙われる。新たな敵と陰謀が!!

我が呼ぶ声を聞いて

幻獣降臨譚

本宮ことは　絵／池上紗京

どんなことがあっても私は貴女のしもべだ。アランダム島の『虚無の果て』を鎮圧し、王都に戻ってきたアリア。王宮で彼女を待ち受けていたのは……!?　シリーズ完結。すべての謎が明らかになる！

若旦那のお気に入り

李丘那岐　絵／夏珂

イケメン若旦那と整備士の格差ラブ！　倒産寸前の整備工場で働く田代孝輔に老舗呉服屋の若旦那・紺野宗近が一目惚れ!?　いよいよ工場がつぶれそうになった時、紺野が出した案はとんでもないもので!?

ホワイトハート来月の予定（12月28日頃発売）

ダイヤの国のアリス ～Black or Sweets～ ……………… 魚住ユキコ
百鬼夜行 ～怪談ロマンス～ ……………………………… 橘 もも
薔薇の虜 闇夜に花嵐 ……………………………………… 遠野春日
黒衣の竜王子と光の王女 …………………………………… 水島 忍
アイラ ～セイリアの剣姫～ ………………………………… 吉田珠姫

※予定の作家、書名は変更になる場合があります。